穿走在前线与敌后的抗战报道

王斯琴　著

浙江工商大学出版社
ZHEJIANG GONGSHANG UNIVERSITY PRESS

图书在版编目(CIP)数据

穿走在前线与敌后的抗战报道 / 王斯琴著. —杭州：浙江工商大学出版社，2015.7

ISBN 978-7-5178-1162-6

Ⅰ. ①穿… Ⅱ. ①王… Ⅲ. ①新闻报道—作品集—中国—当代 Ⅳ. ①I253

中国版本图书馆 CIP 数据核字(2015)第 163084 号

穿走在前线与敌后的抗战报道

王斯琴 著

责任编辑 任晓燕
封面设计 刘依群
责任印制 包建辉
责任校对 张振华
出版发行 浙江工商大学出版社
(杭州市教工路 198 号　邮政编码 310012)
(E-mail:zjgsupress@163.com)
(网址:http://www.zjgsupress.com)
电话:0571-88904980,88831806(传真)
排　　版 杭州朝曦图文设计有限公司
印　　刷 杭州恒力通印务有限公司
开　　本 787mm×960mm　1/16
印　　张 10.75
字　　数 119 千
版 印 次 2015 年 7 月第 1 版　2015 年 7 月第 1 次印刷
书　　号 ISBN 978-7-5178-1162-6
定　　价 35.00 元

浙江工商大学出版社营销部邮购电话　0571-88904970

作者摄于一九四〇年

作者摄于二〇一〇年

序

日本侵华战争已经过去六十九年了，但是我们中国人是永远忘不掉的。在这场灭绝人性的侵华战争中，日本侵略者屠杀了我们的同胞达三千五百万人，占当时人口总数的百分之八点七五，每一百个中华儿女中被屠杀的就有八点七五人。多么残忍！这是人类战争史上最残酷的一场侵略战争，怎么能忘掉呢！

王斯琴的《穿走在敌后与前线的抗战报道》一书是极其宝贵的抗战文艺作品，书中收录了王斯琴先生年轻时期作为一个战地记者所写的部分报道，共有三十余篇，真是感人肺腑！它用无声的语言记叙了这一段难忘的历史，真实地报道了抗战期间中国人民所经历的悲惨生活。《到杭州去》有这样几个片段：

夜半，夹着阴惨的犬吠，送来一片零落的枪声，第二天早晨才知道是挑炭夫和土匪肉搏。为了生，他们便不顾凄凉的死！战区里的同胞呵！我愿用拙劣的笔，写下你们的血泪之页。

记得母亲在早晨对我说过那样几句话："对维叔说话要留心些，因为他是已经出卖人格的！"

走进厢房，老家伙却偏没有走，不知和父亲正起劲地谈论些什么。

“承！过来！”

老家伙招呼我。

“你瞧，怎样？如果要去的话，包在我身上，你爸爸太消极，还不赞成呢！”

我的眼光落在“绥靖部军官学校招生简章”十一个字上。

“这是汉奸养成所！”我响亮地说。

“呃，轻悄些，识时务者为俊杰啊。”

“我不能做祖国的叛徒！”一搓手，我把它丢在地上。

再读《杭州——我的家乡》，文中说：

我是永远不会忘记的，那耻辱的一个晚上，到处是火光，到处是血迹，枪炮声偶然稀疏下去的时候，接着起来的却是一片漫天漫地的哭声。借着闪映的火光，我看过不知多少鲜血淋漓的死尸，他们在很短的时间以前，都还是和我一样的人，但是这时候他们是悲惨地死去了，嘴全都微微张开着，脸色是白的，白得像一张纸，眼睛半闭不闭的，流出一丝愤怒光焰。女人的脸相是更痛苦了，牙齿紧紧地咬着，头发纷乱的披散开来，从破碎的衣裤上，可以看得出她们是经过了怎样的挣扎才委屈着死去的。当时我跨越着一个个的尸体，真没有一点想要流泪的意思，这不是忍心，我知道这是仇恨的火焰把我的泪水燃干了。

年轻的王斯琴冒着生命的危险，穿走在民族解放的前线和敌后，以他那高度的爱国热忱和忘我的勤奋，踏遍了多少战地，深入到农村、矿区、码头、前线，甚至到遍地布满尸体的灾区，为的都是真实地报道侵略者在中国犯下的滔天罪行，唤醒人民，告诉他们：我们只有战斗、奋力抵抗，才有生路。他的每一篇报道，给人民一种鼓舞：日本鬼子的猖獗是暂时的，他们终将在这场侵略战争中埋葬自己，这个日子不会远的。看过这些报道的每一个中国人都会这么想：我还活着，就要和日本鬼子拼一拼。六十九年过去了，王斯琴先生写的这些报道还是极其珍贵的精神财富和爱国主义教材。它告诉国人：勿忘国耻，决不能让历史重演。

王斯琴先生今年已是年逾百岁的世纪老人了，我们从心里敬重他，祈祝他活得更长寿，创造人类长寿的世界纪录。

梁伯琦

2014 年 10 月于杭州

目录

到杭州去

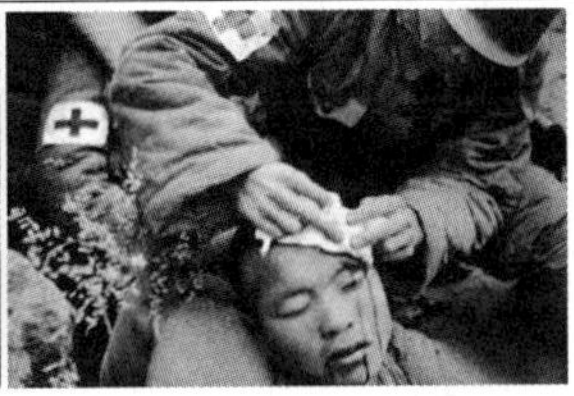

同志上前线吗？祝你们成功！

便是在去年的十二月，我们这一群流浪的孩子，都失去了自己的老家。望着东边白云底下那块缥缈的山峰，我曾浮起过不少个忆念中的幻想，跟着《松花江上》那支歌谱的尾音，偷偷地也不知掉过多少次泪，然而故乡的音讯，正如沉在大海里的石子，一样遥远了！虽然有时好心友人，为着解释旅伴的寂寞，也在一阵艰难的搜索后寄予一些零星的消息，他的词句是安排得怎样好听呵！但我有一个自信——他终归是编造的——于是依旧脱不掉我的忧郁。

一月，二月，三月，在焦灼中算又是过去一年，不经意在某个晚上，借着昏淡的灯光，我到底读到了父亲亲笔的来信，那朴质的语气，抖擞的字迹，如何会错误呢？一连串的诉说平安，使我喜欢得又流了一次泪，更兴奋的是他还告诉我一条走回去的偏僻的路径。那晚我没有睡。

谁没有家的恋忆呢？一度小心地商量之后，姬和我决定在生命上冒一次险，难得的是葑也愿意跟着走，人一多更增添了勇气。一个冬阳晴好的早晨，我们就怀着忧郁和喜悦组成的不易描述的心情，走上朝着到杭州去的向位。

初冬的郊野是沉寂的，路上很难碰到人，偶然一两只野雉因为我们的脚步声所惊起，咯咯叫地振起翅膀，迅疾地从我们头上掠过，飞入丛莽中隐没了，周遭愈显冷静和寂寥。半天后我们逼近了火线，哨兵们一个一个以东方勇士的姿态兀立在北风里，我们用圆熟的语调对答着严厉的盘诘。在通过最后一重步哨线时，当那位山东老乡知道我们是走向敌人的阵营中去的时候，不禁“呵”了一声，对我们恳挚而热情地吐出：“同志上前线去吗？祝你们成功！”那一句有力的话。

这晚我们住在唐楼。

当我们踏进村子的时节，狗开始狂吠了！村民们探头探脑地对几张陌生脸孔露出惊疑和不安，许多孩子在路旁用圆溜溜的小眼睛瞪着我们。

余杭离开这里不上十五里，所以这地方的一切，应该说是在敌人的炮口下活跃着的。

落下去的太阳还剩一丝余晖抹着树梢，草地和河流都显得灰暗起来，震颤在这一片平静的空气里的，只有几声辽遥的号角，我们渐渐感到夜的威胁，而朋友的家却是在望了。

朋友的父亲，是一位著名的好枪手，飞着的雁子也会跟着他的枪声悲哀地坠下地来，粗黑的面貌，洪亮的声音，对着这位老年人，我想起豪侠传中的古代人物。

红红的烛光下，他告诉我们许多血腥的故事。

“妈拉巴子的！要是鬼子兵敢到这里来的时候，哼！看他逃得过老子的枪！”

一个有劲的姿势，收束了粗拙的语音。

为守家乡一片土，正不知有多少广大的人群，在血拼，在斗争。他们的生命是寄托于大地的，没有了土地便没有呼吸，复仇的火焰燎炽在中华大地里的每一个乡村，唐楼该是代表的一角吧？我又沉浸在幻想里了！

夜半，夹着阴惨的犬吠，送来一片零落的枪声，第二天早晨才知道是挑炭夫和土匪肉搏。为了生，他们便不顾凄凉的死！战区里的同胞呵！我愿用拙劣的笔，写下你们的血泪之页。

三墩，一条挺热闹的街面

我们怀着凶险的预感，跨着机警和坚强的步子，一步步更逼近了奴隶地带。

转过几个山坡，一片广阔平坦的原野，就展现在眼前，地面上除出几只跳跃着的饥雀之外，似乎再没有别的东西可以看到了！心头袭来一阵无边的寂寞，凌乱的脚步声更显得清晰起来。

到一处叫作麻车头的地方，正是太阳当顶的时候，我们便在路边一处饭摊上，匆匆塞饱了肚子。

“先生们是上三墩做生意吗？”

“是的！想去批几条香烟。”

“不错，听说那边香烟便宜，只是路上不容易走！”

“是啰！这年头生活真不易！近几天日本鬼子来过这里吗？”

“哦！日本佬还是在五月里到这边，把房子烧掉以后，到现在没有来过。”

摊子上的老妇人说着用指头点出东面那一带焦土，我们转过头看见，还有几块没有坍去的粉墙，正被反射的阳光闪出耀眼的光芒，田园？焦土？海样的深仇啊！

又走五里才雇到一只破烂小船，看一桨复一桨地击破了波面，好容易把我们送到三墩。

从这里到杭州要不了两小时，因为水运的便利，造成抗战开始以后这条街面异样繁荣的命运。

米店，柴行，水果铺，吃食店，杂货铺……密层层的挤满了这条狭窄的长街，糖炒栗子锅边的小伙计，正挥起长铲使锅子里的沙粒，发出异常富于诱惑性的“沙沙沙”声……

我开始惊讶了！想不到往年村子上的一个小镇头，现在竟热闹得挤不过人，事情真是不可料想。

桥头两个举动笨滞的敌兵，在注意着行路人的一切。

安详点吧！互相嘱咐着。抚着跳动的心，慢慢、慢慢地我们终于踱过了！

船迅疾地向前滑去

船进小港，轻淡的暮烟已从水面升起了。

交叉在河面的几抹大树的阴影，恰像巨人的魔手，在黑暗里挡住了去路，上弦月还不曾在天边挂起，堤岸的影子，模糊得像一根黑带，蜿蜒向前伸展着，桨声有节奏地响起在夜空里。

“客人！东西请自己收拾收拾，这段路上是常会有不幸事件发生的！”老大压低了喉咙亲切地关照我们。

“放心好了，我们是没有东西的。”我小声地回答。

以后是一段长时间的沉默，我们听得出每个人呼吸的声音。

“呼！”风起着呼啸打从树顶过去了。

“靠拢！”是单调而粗暴的一声。

“咯！咯！”齿牙相碰，我们之间有人在打战。

船迅疾地向前滑去，空气显得紧张。

“靠拢！靠拢！从哪里来的？”这次的声气是显得更粗暴了，几乎变成了咆哮。

“来啦！来啦！”老大感到威胁的分量，知趣地答应着，一面把船靠拢了岸。

强烈的手电光向我们扫射下来。

睁一睁眼，我看清草丛里的几条茁壮的躯干。

“是三墩来的，没有东西，我们只有三个人。”姬老练地对付着。

手电又扫了一下。

“真没有东西吗！”

“没有！”

对方没有动作，又归沉寂了！草丛里起一阵窃窃私语。

五分钟后，一声“去！”字非常清脆地落到我们耳边，沉重的音节里含有深深的失望和恼怒。

船再开了，神经松弛下来，我们充满再生的喜悦。

我心上觉得沉重

借着清冷的星光，我悄悄踏进里门。

没有一丝从人家泄露出来的灯火,没有夜行人的歌唱,一片静寂之流,沉浸了村庄。

在灰暗里,对着家底轮廓——那一带模糊的墙垣——突然感到一种莫可名状的快慰,于是,我尽力睁开眼睛,想辨清身边一切熟识的事物,打算借此来获得些变动的情况,一株树,一根草,甚至脚下的一粒石子。

跨上石阶,我在门上轻轻叩了两下,“噗!”“噗!”

“谁呀?”是母亲沙哑的声音。

“是我!”

“你是谁呢?”烛火闪动了一下,语调是充满震颤性的。

“我是承啊!”门终于开了,母亲衰老的影子,迅疾地投射进眼底来。

“妈!”我走近一步紧紧握住老人家的一只手。

“喔！你是承,怎么？……”母亲惊讶地发笑起来,但在这笑声里,一瞥眼,我发现两条淡淡的泪痕。

走进厅堂,父亲还没有睡,正在一炉碧螺春烟畔,高声朗诵“南无妙庄王菩萨……”这使我显得惊讶了！往年一位坚执的无神论者,如今怎样竟会变成善良的佛门弟子呢,流光的变换,带走了寸寸的雄心,时间的威胁呵!

“是承吗?”他停住了念诵,这时连睡着的妹妹也起来了。一年！整整一年,失去了骨肉的温情,旅人的生活,真是连梦境也是凄凉的!

在安排好姬和葑安息以后,我重新走回厅堂,围着活跃的灯火,得看清暮年人额上深刻的皱纹,“残年风烛”,不知怎的,竟记起了这几个字眼,我心下觉得沉重。

母亲唠叨地诉说着别后的苦辛和隔壁阿姑被奸、阿根遭杀的故事,一直到更锣响过三下,最后他还谈起免得孩子思想上染毒，要我把妹子带走的事情。是的！谁愿意把娇嫩的儿女，寄托在敌人的魔掌中呢？然而为了解除慈亲的寂寞，我没有答应。

走到天井里望望，蔷薇架倒了！花台上长满着荆棘，只有前年手植的一枝紫萝藤，却已满满地爬遍墙头。

“承，睡吧！”母亲关切地叮嘱我几次，但我怎样也没有睡意。

“喵呜！喵呜！”小白大概因为猎不到夜食，悲哀地呜叫着，它是瘦了！

等我睡下去的时候，枕边已送来了远处的鸡声。

抛不去的惆怅哪

从栏杆边望去，西子像是睡去了，湖水是静静的。

飞起来几只白鸥，一道银洁的光彩，远了，更远了！

长堤在秋阳下默默地躺着。

我记起在金沙港畔度过的一段童军生活，更忆起了月明中的箫鼓，然而现在，当年的人呢？

哪里有游船的影子？船夫的叫喊？

“小关部队炮兵站”，回过头来，我重新看见这块使人懊恼的牌子，一个矮胖的帝国军人，正埋着脸在沙包边打盹，他该会梦见寄居在岛国上的人们，满染泪痕的脸孔吧？还有动荡中的东京面影！

抛不去的惆怅哪！抚住胸口，我又走向新市场。

两边的人行道上，响着清脆的履音，“叽叽咕咕”一群淫冶的东洋娼妇过去了，风里带着粉香。

“《杭州新报》要哦?”

“呸! 滚开!”

孩子被我一喝,很快地跑了。终究懊恼,对于一个可怜的儿童,施用太多的严厉,实在是不应该的,虽然一些铅字所记载下来的是骷髅群活跃的成绩,但孩子的心是该纯洁的。

采芝斋已变成一片焦土,三新浴池也受着同样的命运,弯过迎紫路,青年会的大钟正响着三下。

“先生来坐坐呀! 先生来坐坐呀!”是我们的姐妹,在柔媚地对敌人招呼,铁蹄下女性的呼喊,生活吞蚀了她们。

齿磨,写真室,大东料理,军酒保,我疑惑已是徜徉在异国街头,然而不! 分明是自己的国土,心开始极度的苦痛。

三元坊一带马路上,几个零落的人影,给夕阳拉得长长的,成为伪省政府的兴业银行,在暮秋的晚风里,显得灰秃可怜,一辆破败的垃圾车翻在水漾桥边。

往日的繁华,今朝的冷落!

标着“大众乘坐”的公共汽车,最后又把我载了回来。

回来还没有过午,威伯说我太大胆了。

湖墅街上

刚从纸窗上漏进一小块白光,就醒来了,屋子里很静,只墙外有几声细碎的雀噪。趁威伯一家人还没有起来,我独自踏着露水到湖墅镇去。

街面上一切都没有两样,只是店铺开门的却不多,大多贴着写上“货品不足,暂停营业”两句话的一方红纸头,小摊子摆满在路的两边,墙壁上尽是些老笃眼药,太阳啤酒,味の素这一类大红大绿的广告，横过街来的几面膏药旗，迎着峭冷的晨风，一翻一翻的显得惨淡与悲哀，猪肉店的掌柜叉着手，站在门槛上看天色，面馆里也听不见金属的碰击声。我边走边看，竟不觉走完了两里路。

经过卖鱼桥，一直到夹城巷，这里算是比较热闹的地方，尖锐的叫卖声，凑合人群的骚动，菜篮子里的水滴，沾湿了行人的衣裳。

里面一群人打成圈圈，头颅在挤动着，我想：该是变把戏吧？赶忙从一个长子腿下钻进去。

“娘卖×的！”跟着这个声音，背脊上似乎吃了一拳，但是我完全不顾到这些。

“不缴捐，你还敢啰唆！”

“啪！”臂上戴白套子的警察，气吼吼地一掌，打在一个哆嗦着的乡下人脸上。

旁边是一担倒翻的白菜，也有几双手趁势捞着两三株走了。

“先生，饶我初次，让卖点钱回去，下趟一定捐。”

“不行，要罚的！去，局里去！”

乡下人到底被拉出人群来，几百双眼睛射出恼恨的光芒。“没有灵魂的东西！”我想骂，愤怒的血液冲击着我。

良民票有没吩！

车厢里忽然沉寂下来。

“武林门落车。”卖票员一手把车门拉开，两个蠢笨的东洋兵攀上来了，马刀跟车上的铁板碰了一下，“铛！”

似乎刚喝过酒，两双发红的眼珠，向着每个乘客射出凶狠和睥睨的光亮，像猎人在山林里搜索野兽。

“橐！橐！”笨重的身体从车后摇摆过去，大家屏息着让出一条路，对于这傲慢的身影，没有人敢再看一眼。

“你！”

靠左边车窗坐着的中年妇人，跟声音慌忙站起来，同时还举起抖动的两手。

“衣服脱开！”

妇人急得几乎要哭了，然而无可奈何地终于只得把上衣的全部纽扣解开，将整个胸膛袒露在大家面前。

失掉祖国保护的人们呵！愤怒，耻辱，我垂下了头。

我现在恍惚见到青天白日旗在杭州的每条小街小巷飘动了，我们的队伍带着整齐有力的步伐从武林门进来，鞭炮震聋了耳朵，乐号奏出狂热的调子，路边多多少少的民众，都激动得擎起自己的拳头来喊：“打倒日本帝国主义！”

“你！”这声，无疑是一个霹雳，使我忽然清醒过来。

“良民票有没吤？”

“有！”

我知道是搜查“良民证”，一面答应着，一面赶快把藏在袋里的那张借来的“良民证”递过来。

“什么名字？”

“张德明。”

“号码？”

“三八五一四。”

当一个敌兵向我说话的时候，另一个则在我身边静静打量着，并且还把刺刀插上枪口。

我抑住惊惧的情感，极不自然地装出一丝笑痕。

车子一阵颠簸,拿枪的那个忽然向右面的一排椅子上倒卧下去,压在一个戴瓜皮帽的年轻人身上。

“拿去!”

“良民证”重归到我掌握里,暴风雨是过去了。

到三官弄又跳进两只黄色的野兽,不过这次进来的是在右臂上套有“宪兵”两个红色大字的。

出卖人格的家伙

我真讨厌这样一个姿态:

“呵! ×翁! 你好? 府上都好?”说时还抱起一对满布青筋的拳头,连连作着揖,肩膀一抖一抖,同时裂开两片瘦小的嘴唇,露出一排黄腻腻的牙齿,极其勉强地笑着。

现在这个影子毕竟又出现了。

“承,几时回来的? 父母年纪大了,离得远远的,总有点不大妥当,我说呢!”

照例使人看见那副恶心的牙齿。

记得母亲在早晨对我说过那样几句话:“对维叔说话要留心些,因为他是已经出卖人格的!”

于是我对眼前这个人的问话,只淡淡地答应着一个“是”字!

“你爸爸在家吗?”

“在着,请里坐!”我不屑对付这个卑鄙的东西,一转头便跨出门槛了。

街上的茶馆子里黑压压地挤满了人,门口有许多不三不四的人物在小声议论着。

“前面走的梁山伯，后面跟的祝英台啊！……”两声尖锐的调子，从一片人头上飘出来。

转入一条小巷，没有人，充满黄昏的景色。

斜面的太阳从人家屋背后晒过去，几处低低的屋檐下已冒出炊烟，回来的路上，我体味着“田园寥落干戈后”那句诗意。

走进厢房，老家伙却偏没有走，不知和父亲正起劲地谈论些什么。

“承！过来！”

老家伙招呼我。

“你瞧，怎样？如果要去的话，包在我身上，你爸爸太消极，还不赞成呢！”

我的眼光落在“绥靖部军官学校招生简章”十一个字上。

“这是汉奸养成所！”我响亮地说。

“呃，轻悄些，识时务者为俊杰啊。”

“我不能做祖国的叛徒！”一搓手，我把它丢在地上。

“你太固执，你太固执！”

屏门外闪过一条影子，抬起脸，我看到母亲的招手，很快地走了过去。

天快亮了

今天蓉跑来告诉我，在我们村子上活动着两百多个小汉奸的消息，还说要是没有重大的牵累，不如早一点离开好。

征求过姬和葑的同意，决定明天就走。可是母亲一听到我这句话，眼眶便湿了，要不是为着民族的仇恨，我是真想顺从母亲一次的。

吃完午饭又走过一趟盐桥，那边多的是旧货摊，书籍在成捆地卖，无论是古本或原版，它的代价只多是每斤二分，文化的黑暗纪啊！

晚上让零星的断梦支配掉漫长的寒夜。

鸡声里踏上重归的路径，没有惜别，我觉得有的只是惭愧。

家乡！再来的时候！我希望看到一幕壮剧！

提着头去，总算又提着头回来。

仰起脸，东方透出一线曙色。

天快亮了！

（夜于棠公山）

（原载《浙西日报》民国二十八年一月一日、三日、五日、六日、七日、九日、十一日、十二日、十三日、十四日）

我们的飞机

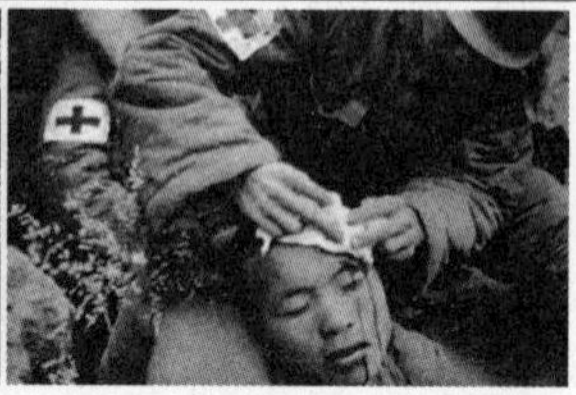

杭行余波之一

下午，天上有几片薄薄的云絮，还有些风。

走在路上，总忘不掉刚才杰告诉我的，那么一段沉痛的话：

“我们留在广济医院里的两百多名斗士，被敌人强迫带走了！但我相信中国千千万万的民众，都是民族的英勇斗士。无耻的敌人，它是怎样也带不走许多的！我们要申冤！我们要复仇呵！”

是的，我们要申冤，我们也要复仇！

走过马塍庙，路边一个孩子这样惊叫起来了：

“看飞机啊！”果然东方的天空里，有三条黑影在向前跃进，同时可以听到轰隆轰隆的空气强烈振动声，路上行人都收敛起步子，抬起头，有几个还把手架在额头上。

渐渐挤满了人，男的，女的，人家的楼窗也呼呼嘭嘭的打开来。

“这么高,一定是中国飞机!”人丛里一位老者说。

“中国的飞机虽然在两个月前来笕桥丢过一次弹,不过没有像今天飞得高。”一个工友模样的人似乎在回答。

隆,隆,隆! 高射炮乱响了。“我们的飞机,不错,我们的飞机!”

大家兴奋得狂喊,也有擦着眼睛,伸长脖子的。

我想起前年敌机空袭下的恐怖,逃避,与现在的悠闲欣赏,这么两种截然不同的姿态,我发现出民族间的界限,“敌”“我”的殊异。

轰! 轰! 轰! 轰!

狂烈的轰炸。

我心上感到一股从未有过的轻松,一年多来的积郁,是在轰炸声中消失了。

隆! 隆! 隆! 高射炮更见得紧密。

但是我们的飞机只一侧身就飞进云里。忽然又飞出来了,每个人的脸上,浮起骄傲的色彩。

轰! 轰! 轰!

又是轰炸。

等到另外三架飞机升起来的时候,我们英勇的队伍编成一字形,向北飞远了。

“明天要是再来的话,我希望带几颗五百磅的炸弹来。”有人这样说。

陷区里的人心,谁说已经死去了呢?

(原载《浙西日报》民国二十八年一月十五日)

这罪恶该能原谅吗?

杭行余波之二

弯进一条比较开阔的巷子,那座小学便望得见了。

门口两株柳树,稀疏的枝条,正像病妇人的一头枯发,无力地在风里摇摆,替每个过路人的心上,划出一道忧郁的痕迹。

走完甬道,左面小屋的窗上,伸出一个头来,这样问我:

“看谁啊?”

那一张诚实而平静的脸。

“找邹先生,在吗?”我跨近一步把名片交给他。

“哦,请坐坐。”这位中年人走出门槛来,一面关照我。

会客室里的桌面上,白蒙蒙的灰尘约莫有一寸多厚,并且有许多歪歪斜斜的纹迹,看不清是字还是画。

墙壁上没有东西,整个房间是空荡荡的。

五分钟后，门外有了脚步声。

“呵！承，真是意料不到的。”邹先生过来热烈地握住我的手。

还是那样低沉的声调，那样恳切的态度。

“想不到吧？怎样你……”

“一切都是罪过！里面谈好不好？”

于是我跟他穿过天井，不知怎的，刚才还好好的天气，现在竟飘起雨来，偶然几点洒落到颈子里，有些冰凉的感觉。

经过一处中年级的教室，听到那么一片整齐的声浪：

“国旗分五色，红黄蓝白黑，汉满蒙回藏，五族合为一……”

也许提得太高了一点，尖细的喉咙，当中有些竟变成沙哑的。

一个瘦小的女教师在讲台上蹀躞，孩子们这时都回过头来，乌溜溜的小眼珠，惊异地望着我们。

跑上楼梯，就是邹先生的寝室。

里面很凌乱，屋角里堆满了书，被还没有折好，像一座起伏的丘陵，墨水瓶七七八八地散在书桌上，向天花板张开大嘴。

“邹先生，你现在的行为，实在失去了做老师的身份了。”

我说完，靠到床上。

“谁愿意做敌人鞭子下的奴隶呢？为着家真没有办法，祖国的复兴和胜利，我是天天在期待着！”

“不要说吧！为了家没有办法这一套话，不是有勇气的人应该说的。”

“呃！我知道自己的过错，可是你不能原谅我。”

“原谅摧残民族的幼苗，这罪恶该能原谅吗？”

“我想总有一天会抑郁得死去的。”他深长地叹出一口气。

"希望你干点别的,让子孙能够做人,我走了。"

"再坐一下好吧?"

"不!"

走出校门,雨下得更大,多毒辣的环境呵,我放大了步子。

(原载《浙西日报》民国二十八年一月十七日)

猎　物

四月，一个好晴天。当我走进那条熟识的巷子的时候，一片梨花寂寞地从风里飘落在我衣襟边。梨花，我随手把它珍惜地放到口袋里。跟着，无数个怀念就落到叫作“梨”的那个人的身边。真的！在这许多苦难的日子里，我没有忘怀过这个活泼的影子，无论在清晨或者黄昏，总还仿佛见到一对明亮的眼珠，在对我闪着热情的，深爱的光，但美丽的笑语，却都交给逝去的日子了！于今日向着远方，风烟下的山峦，一派平静与沉默，我的心又开始堕落在痛苦的网里。

最后，在两扇斑驳的板门上，我轻轻叩打着，门开了，朋友用异样亲切的眼光接待了我，转过身又把门很小心地扣好。

“他们没有来？”我问。

“没有，外面的风声听说紧了一点！”

“也不见得，对于抗日分子，他们还不是一向仇视的。”

我们不再说话了，脚步跟着脚步。

房间里照旧是阴暗的,这地方似乎永远不会受到阳光的抚摩,全靠一小块从天窗里漏下来的白光,照亮着一切。床铺边的一张矮桌上,凌乱地堆着许多书籍。墙壁上的一小幅油画,色彩本来就很黯淡,把它安排在这里,就更不容易看清楚涂抹的一切。

我们坐在床沿上,朋友一只手不住地在梳着他蓬乱的头发,一面紧咬着嘴唇,愤慨的、恼怒的,于是一串有力的字眼,从他喉咽里吐出来了:

“我们只要不死,必得继续着这奴隶的反抗,让我们的血,来流出祖国自由的径路罢!”

我感动得跳起来,用拳头在空中重重地打了一下,然后再倒卧在床上。我也想说:为了争取民族彻底的解放,个人生命的贡献是不足吝惜的。可是外边的板门上,此刻又有了敲打的声音。

“他们都是来参加讨论会的。”朋友指着四位陌生的来客,这样告诉我:依俗套通过姓名,我们握了手。

“都是战斗的一群!”我浮起这个感想。

在零碎的闲谈里,消磨去半个钟点,陆续有人打门,有人进来,炳和辉算到得最迟。

“好,今天邀请的一共是七位同志,现在都来齐了,我们就开会。”朋友说完这几句话,立刻拖开矮桌来,经过一阵细小的骚动,各人全拣好自己的位子,低低的咳嗽之后,朋友站起来了。

激情鼓励着他,每一句,每一段,都使七颗心为它颤抖,从开始到结尾,就没有一处松懈过,他说:“即使徐州失陷,在我们整个抗战的策略上,也无关大要的,何况敌人的能否完成占领的企图,还是问题。”

第二个说话的是炳，他对于敌人进占徐州以后，在地形上不利的详细引证，正像一个地理课上的老师。等他闭嘴以后，接着又有第三个人起来，就这样继续着，一直到一层加浓一层的黑暗，渐渐使得看不清对方的脸才散会。

开好会，蓝天上已嵌满闪烁的星子。朋友送我跨出门槛的时候，低声问我："有没有法子打听到梨的消息？"我摇摇头很快地走了，背后还送过来一句"下星期一再来"。踏着暮色，我完全没有伤感，因为过度的兴奋正扰乱着我。

这晚我做梦，恍惚见到梨仍然在平静的海边，生活着，歌唱着：而那些毫无心肝的狗子们——汉奸傀儡——已都在青天白日的旗帜下面，化为腐臭的尸骸。我笑了，放胆地笑了。但是，就在笑声里张开惺忪的眼睛，窗外的夜正深沉着呢！多少欢喜又转换成悠长的叹息。

一个星期过去了，星期一还是个晴朗的日子。

早晨，钟敲过八点，我带着愉快的心情，正想再到那条巷底里去叩朋友的家门，但一个纸条子送来了。

> 琴：现在我已成为野狗们心目中的猎物，不得不搬走了。今天预定的讨论会，已没法进行。可是我并不是消极地逃避光荣的斗争，相反地，我是会更努力进行的。再见的时候再见罢！祝好
>
> 苇秋　即日

我倚在窗上，不说一句话。慢慢觉着暴风雷雨的一幕，正在急剧地展开：但愿在战斗里，他是快乐的。最后我为他说了祝福。

在半个月后，自己也被狗子们追急了逃亡出来。虽然这

里是一片自由的天地,但我不惯于作安静生活的俘虏,我恋念着过去这一段生活的脚迹。

而今一年了,我不能忘却这个勇敢的伙伴,但愿他总是坚强而快乐的!

（原载《东南日报》民国二十八年五月六日）

同样命运的人

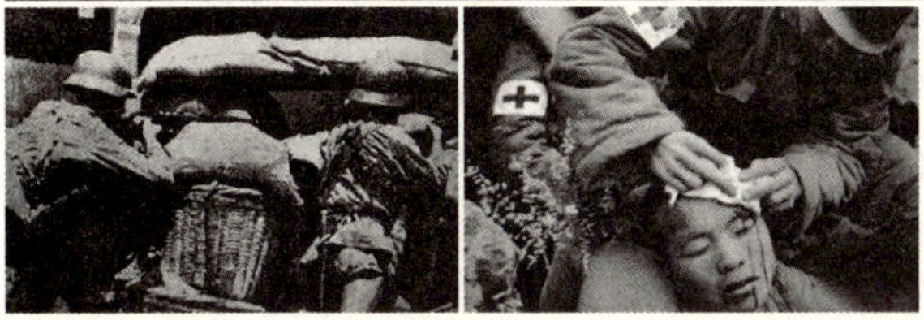

偏是愁苦的日子，偏会有一连串不幸的遭遇，正像恰巧漏了雨的屋子，接连会逢着好几个雨夜一样。我是不相信“定命论”的，可是对着眼前捉弄着我的这只玄妙的黑手，还有什么可说的呢？

两年来衷诚地感激许多关怀着我的友人，从一次又一次的书信上，曾掷下过不少个怜惜和慰藉。的确，那份友好的温情，是能够使一个失去了家乡的人，在灵魂上带来些润湿的作用的，但有时却也会使我怀念家园的心情更苦！

“同是天涯沦落人”，过去的诗人，曾写下了这样的诗句。一颗破碎的心对着另一颗破碎的心，那真该是怎样浓重的一种伤感呵！

现在，借着昏暗的灯光，披一身沉重的夜色，我读完一个陌生的孩子，从老远给我寄来的几行短简，是天真的爱，是诚挚的热情，太感动了！我让泪水尽情地滚下来，冰冷地渗进嘴角里。

……我们是有着同样命运的人！从天津，从南京，从常州，终于走到长兴。在长兴，我病了，没有任何人肯给予一些慷慨的同情，自然也不会有母亲温柔的手指的抚摸，整整两个月，在冷漠与歧视中间，这条命勉强又活下来了。先生！你也一定尝惯漂流的痛苦的，无疑的也接受过不屑的眼光的投射，但不要软弱，我们应该走上更艰苦的路子，用努力来接待未来的黎明……

燕　四月的末尾

“不要软弱!”这个一句埋藏在我心底里的呼声，他替我有力地喊出了。

是的，我是咽尽流浪人的苦味的，在寒冷的破庙，在荒凉的路亭，我都坐守过漫漫的长夜；一团隐约的狐火，几声夜鸦的哭泣，更是看惯和听惯的了。一道深水接一条高岗，在跋踄的旅程上，我的脚步却变得异样雄健起来，战斗的生活，只有使我茁壮，相信我，即使流干了颈子里的血，我也是不会软弱的。我永远怀着一个忠诚的愿望：扑杀敌人，打击敌人!

如今，樱花照眼红的五月，我的牵念是更长更远了。

湖面上相互追逐着的笑话，挂上保俶塔顶的夕阳，还有树底的轻风，屋角的云彩，这些都是难以抛却的事物，它们将永久是新鲜的，在我的记忆里，在我的夜梦里。

初夏的江南，本来不是一幅动人的图画吗？现在却涂抹着浓厚的血迹，大地在气喘中(它不愿胡骑的作践，要想立刻挣扎起来)。

我肃然地仰起了头。

窗外有远远的更声，一颗星子孤独地挂在天边。

我贪恋地看着小屋子里的一切,因为这上面都曾留印过我模糊的手迹,但明天就得忍心地舍弃了它们。

信纸悄然地落到地上,当我弯下身子去捡取时,突然一阵眩晕,眼前泛过无边的漆黑。

该会病呢?

"病也得走的!"我用自己的声音回答着自己。

（原载《东南日报》民国二十八年五月二十三日）

潜州杂记

一、驴　　铃

推开窗子，我无语地望着夕阳，听一声两声从山谷那边传过来驴铃的摇响，低缓而沉郁的，偶尔也夹着驴夫们几声嘹亮的口哨，把黄昏点染得更美丽，更动人，于是每当薄薄的夜晚，我总爱走上临风的高楼，静心谛听着驴铃的幽奏，这几乎已成为我近来的一种癖好了。

暮烟遮盖下的原野，真像面网里的美人，一样逗人情趣，灰色的河流，灰色的林子，飘动在远处的鸦影，恰似已经染上墨水的纸版上，几点特别浓黑的污迹，云絮堆拥着云絮，山峦紧接着山峦，躺卧在天边的列峰，显得十分模糊了，就在山的那边，有着我年高的母亲，我的家。

前面曲折的小径上，好多次我还望见一批批受创的战士，持着拐杖在艰难地行走着，或者是翻过坡来的几十副担架里面，正也躺着为祖国而甘愿流血的健儿们，虽然在慵倦的昏暮中，他们是决不会含有伤感味的，每次我这样想，每次我也用敬爱的目光送走了他们。

有意接触一次悲壮的幻景吗？

呼喊，搏斗，钢铁的鸣啸，炮弹的飞射，这幕伟大的场面里，很容易找出我们多少壮士的影子，他们倒了又起来，知道民族的命运，是托付在手头的枪刺上，所以毫不吝惜地把血挥洒在自己的土地里。

止息住缥缈的思忆罢，离开窗槛，我带着一颗怅惘的心。

如果有人会走进这个山国里来，那么对于耳目必定会另有一番刷新的。

二、乡　音

对于熟悉的乡音，每个人也许都会泛起一种亲切的好感。

今天早上就下雨，雨声唱出寂寞的调子，可是那个收洗衣服的女孩子却照旧来了，从她的一些懂得世故的举动上来推断，确实已像一个初熟的姑娘，但据她自己前次告诉我，还只有十岁呢。

头发上的水珠，沿着她的脸颊滚下来，默默地格外见得清瘦，一对缺乏神采的眼珠，在人前替她充分说出愁苦和可怜。

“有没衣裳，先生？”声音里含一丝抖动。

瘦小的身子，配置着阴暗的墙角，从这里追回了我一段褴褛的童年，毫无心意的我抛开手里的笔。

“你是杭州的哪个地方？”我问。

"候潮门。"

"几时到这边的?"

"还是前年十一月。"

"你爸爸呢?"

"爸爸……去年六月死了!"说完这句话,她痛苦地咬着嘴唇,脸上有一层凄凉的颜色。我深悔不该冒昧地用简短的问话触动她的伤心,着实感觉到抱歉和不安。

让沉默支配着我们。

今朝有千万的孩子,失掉了最亲切的人,受着人世间极残酷的待遇,可是他们懂得这是谁的赐予呢,在重重的折磨里,他们已变得更聪明和固执了,你听她一句倔强的话:"是东洋鬼子害我们的! 我们要打东洋鬼子!"

这是我们亲爱的大众一致的呼声,也是一致的誓言。

最后她接起衣服走了,望着这个在生活里挣扎的孩子的背影,我只有无限的羞愧。

这孩子还留在屋子里一些水湿的脚迹,使我捕获了一个新生活的希望。

说来确是意外的。

三、后　渚　桥

一有闲散的时候,我会很慷慨地把时间消磨在后渚桥边,因为多嘴的流水,它能够叫人落得幽逸,而且吐露出更多的忧郁。

一条河流,像根白亮的带子,伸得远远的,水里倒映着碧青的山峰,更添起光彩,要是用"水晶旁里拥青螺"这句话来形容当前的景色，是并不见得过分的。

五月水涨的季节，水手们会相互间提高喉咙，关照着小心的话，一等暑天干旱，他们又在胸口横一条牵绳，好吃力地在焦灼的太阳下弯着身子走，一排棕色的脊梁，不得不使人引起“热”与“力”的赞颂来。

浣衣女的歌声，藏在密密的柳荫里。

轻灵的笑语，一阵又一阵的，于是撩拨的词句投掷过来了：“喂！阿姐，今年十八吗？要是没有婆家……”

“哈哈哈哈……”跟起放浪的笑声。

沉默了，但不久，毕竟回答出俏皮的咒骂。

年轻的水手，是这样迷恋于青春的热爱，然而老年的旅客，他们敲起烟管，却有另一种迟暮感慨。

要是遇着雨天，蒙蔽在烟雾里的山水树木，尤其有一番景致。

这样，每次总是狮子山的钟声催逼着我回来的。

（原载《东南日报》民国二十八年五月二十七日、二十八日、二十九日）

我想念着平湖

除非在人世间不再留下我的影子，我这一生里是决不会有一天能够忘记掉这个滨海的小城市的。

默默的东湖水，它固然流走了我一段灿烂的青春，然而却教给我怎样脱掉少年的忧郁，仔细检点着一个个亲手打发过去的岁月，我怎么能够对它有一些埋怨的词句呢？

而且，我迷恋着阳光下那片紫色的海，伴着海涛的低唱，我往往会禁不住抖动出雄浑的歌喉。不打一句谎，踏着露水，好多个早晨，我是这样排遣掉的。还有黏在天边的一叶风帆，更使我神往于烟波野趣了。

记忆几曾会蒙上尘土，现在还是那么明净呵！

每次当海潮初退的时候，亦笙总爱和我一起在平滑的沙滩上，追赶着拾取精致的贝壳，倦了，我们就坐下来目送着渐渐飞得远去的鸥群，说出一些缥缈的“海上仙山”的故事。在那些日子里，我们眼底里的世界，真相信将会保有着永远的平静和快乐，海畔的生涯，尽是那样恬适的。

我还记起了一个充满兴致的灯节，该是四月十八罢。相传这天的赛灯是用来纪念一位平倭有功的神灵的，英雄的憧憬，点缀起年年此夜的铺张，家家门前悬挂起各式各样玲珑的灯彩，烛火燃亮了五里长街，夜空里的繁星显得暗淡了，看灯的人就像潮水似的，涌过去又卷回来，于是往日寂静的巷子，也飘荡起轻灵的笑语，情热的火焰，在年轻人的心底狂烈地燎炽着，"人约黄昏后"，他们深愿有一个永恒的漫漫长夜，绝不希望新的明天的到来。

跟着人流，我看过这样两个生动的夜晚，可是惹起来的却是些莫名的无聊与怅惘。

为了吸引更多夜游人的脚步，街头的小茶馆里，卖唱女的弦索更拨出悦耳的调子来讨人欢喜，唱《双珠凤》，唱《武香球》，可是她们唱不出自己一份悲凉的命运。主顾呢，他们一直情欲地评头品足，评量着身材，不到琴声哑然，他们绝不会轻易停歇。

但是，一个十月的深夜，咆哮的海水开始泛来了蛮暴的敌人！满城的火舌，满城的哭泣，转眼间歌舞楼台变换成一堆堆的瓦砾，跟着逃亡的队伍，我是梦幻样走向遥远了。

"我们希望在战壕里握手！"这一句强悍的话，这几个坚定的笔迹，让它在我心上印就一道不易磨灭的烙痕罢！我要保证它有着实现的一天！

我想念平湖，我怀念着一群忠实的友人：一泉，亦笙，行成，他们现在又都在什么地方了呢？他们还是不是快乐地生长在战斗的生活里？

啊！我沉默了！

要是说交结一个知好的友人，算是难得的事情，我可有了绝大的骄傲，而一泉就是格外令我骄傲的人。

我们隔一盏灯火，痛快地倾吐过生平，也畅论过历史的踪迹，我们更相约着贡献出全部生命来继续将来谁所未竟的志业。

爽朗的性格，爽朗的语言，我一刻不能忘怀这位了解我的好友，向着辽远，我默祝他总是坚强的。

浓绿的江南，夏天了。沧海闲鸥，又引起我的一番怀念，但海上的风情，我只有追寻于梦里了。

（原载《东南日报》民国二十八年六月十二日）

遥祭仲衣师

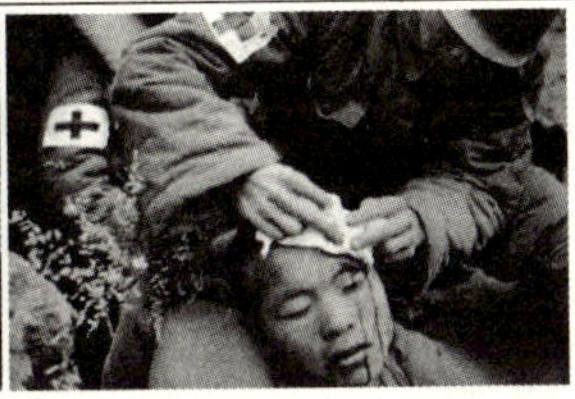

在漫天的烽火里，尚先生，你竟是这样默默地向人群撒手了，永远地向人群撒手了！然而苦难中的祖国需要你，千百万的大众需要你，年轻的我们更需要你呵！

向着遥远，我唱不起一支凄凉的挽歌，能够代替我诉说的，算来只有温热的泪水。

时间虽然吞蚀掉我少年的颜色，但我的记忆还是明朗的："中国要求整个的教育有办法，就必须争取整个民族的解放自由，同时教育者的终身信条，也就是为民族前途作忠实的牺牲！"记得你是这样对我们说的。所以你是不折不扣地成为一员果敢的民族斗士了，重重的磨折，只有使你变得更加坚定和更加执拗，这又是谁想得到的事呢？从杭州到北平，几千里路的转辗，多么艰难的跋涉！在北平你又领导了自由解放的斗争。

你帮助我们，鼓励我们，像一个顶慈爱的保姆，同学们有了过失，你绝没有过一次粗暴的责问，"你有什么理由，跟我辩好不好？"总是这么一副诚恳的脸庞，任怎样倔强的人，终于也会被说服得低下了头。

不说一句虚伪的话，五年来我确实没有一刻忘记过这位良好的导师，甚至在冷漠的荒原上，在幽深的山谷里，我似乎也望见这个颀长的影子，因为他正是我生命的航路上一枚最准确的指针。

七月的炮火，使得卢沟桥下的流水沸腾了，黄河沸腾了，长江沸腾了，排天排地的怒涛卷荡着这历史上古老的国家，腥血染红了人们的心，于是跟着英勇的队伍，你走向广东。

广东——这革命志士的摇篮地，我们想你该会惬意于这块土地了，可是不想在那边你仍然是抑郁的。

像一只盘旋在辽天下的苍鹰，瞭视着茫茫的云海，你不得不琢磨着自己的翅膀，发出悲哀的叹息了。

而我呢，好容易挣脱了敌人魔手的摆布，每天在风雨里奔走着，摸索着黯淡无光的黑夜，跨越过狼藉的尸骸，漫漫的征途上，我感到缺少的只是一盏打头的明灯，所以尤其使我日夜惦念着唯一的导师——你。

我几次虔诚地说过希望你快乐和健康的祝语。

可是跟着杏花的谢落，南风吹给我一个不幸的消息，在一次覆车的惨祸里，你是平静地躺着，让车厢装置着你美丽的尸体了。

人生毕竟是个猜不透的谜，你落着这样的下场，谁又预料得到呢？

当然你是不会瞑目的，但活着的我们，一定要继续你的愿望，预备到最后胜利的这一天到来的时候，再用歌声来凭吊你，好让你在地下张开安慰的笑口。

瞪着屋顶上的一抹余晖，我黯然了，但是我始终相信你没有死。

你留给我们的一切，将闪出永恒的光亮，你没有死！

（原载《东南日报》民国二十八年六月十七日）

阿紫姑娘

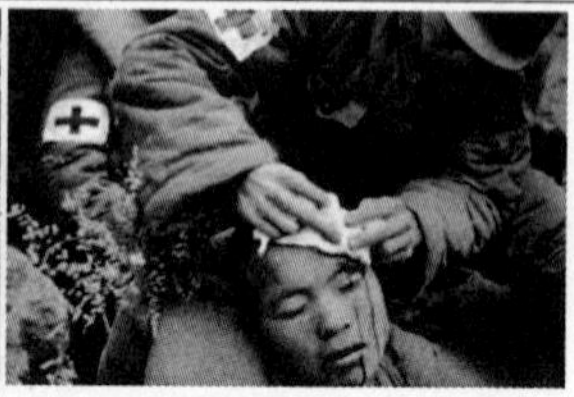

像一道暮天的长虹，它在我的回忆上永远闪着那么灿烂的光，看着从对面窗子里透出来的一点灯火，此刻我不禁又沉落在怀想里了：我忘不掉那段生命里的奇迹，那个矫健的姑娘！

谁又没有一份崇拜英雄的心情呢？“红线女”“聂隐娘”曾是我怎样憧憬过的人物，凑巧能逢到这样一个不平凡的女性，难道可以说不是我的幸运么？

让日子暂算来一次倒流，我仿佛又回到了去年的春天。

趁一个星月微茫的夜晚，好容易避开一些敌人所豢养着的猎犬们的眼光，抛却西湖烟水，我悄然地逃向临安来。这是一处对我完全陌生的地方，靠着友人，才不致使我冻馁，一双红肿的脚跟也有了暂时的寄托，从这时起，我开始懂得异乡人的寂寞，更懂得友情的珍贵了。

我愿意说我是十分满意我的住处的：房主是一位好心肠的老妇人，她相信“因果论”，她说我们流浪的人，毕竟是太可怜了；而且一排三开间的平房，只要一推开门，就能望见重重叠叠连绵远去的山峰,如果用“门对青山”这句话来形容我的住所,是并不含有一点夸张的成分的;后面还种有一园细竹,要是遇着刮风的天气,听叶子发出一阵阵细碎的声响,另有一番韵致。面前虽然横过一条小路,可是除出樵夫们的脚迹以外,就很少有旅行人经过,没有扰闹,没有烦嚣,从黎明到黄昏,我只伴着书本,难得度过一些平静的时光。

人总是不容易满足于现实的,才只半个月过去,我就渐渐厌倦于这种安闲的生活了,并且深自责备着在这个兵荒马乱的时节,默默地埋没在山林里的不该,于是一面托付友人替我设法寻找工作,一面极力耐起性子作着无聊的等待。

我用出许多方法,送走一个个紧跟着的日子。

一天快晚了,我正躺在床上搜索一个不易了解的问题,一遍又一遍的,对面空着的厢房里,忽然有了很大的谈话声,也有女人的口气,我想或许是房主人的来客吧,所以并没有把这一件事情放在心上。

第二天早晨,看见一条伶俐的影子很快地打我窗前闪过,接着廊檐下响起一片杂沓的脚步,但是等我探出头去,他们却已经走过天井了。就在这个时候,房主人跑来推我的门:

“昨天新搬进来一家房客,和你一样是没有家的。”进来第一句,她就冒昧地告诉我这样的话,当然我是毫不介意的。

“是哪里人?”

“余杭。”她笑笑,“是一个姑娘呢!”

“那些男人是她的朋友吧?”

“不,据说是表弟兄。”

从表弟兄这个称呼上，我不禁泛起一点疑惑来，很担心她会招致了歹人，但她确定说这是王乡长介绍来的，放心不会有什么差错，这样，我还能够再说些什么呢？

乌鸦叫在屋角，暮霭苍茫里，我看清楚这个女人了。微黑的脸上，嵌一对圆圆的眼珠，看来还不上二十岁，身体的高矮很适当，走路的时候，一跳一跳，是很活泼的。后面跟着的四个男人，也都很年轻，两个穿制服，两个却穿着长衫，各人似乎都有一副不屑一切的眼神。我们的目光相互碰过一下，就赶快移向别处了。

晚上，歌声一直不歇，等我好几次睡着了又醒过来，唱得顶响亮的，无疑的是那个女人。

白天看不见他们的影子，只有夜里是他们活跃的世界，对于这样捉摸不定的一群，我不由不在心底有了一团疑惑。况且每晚的歌声，引起我习惯性的失眠，几次想设法迁走，但房东太太几次殷勤地挽留着我。

真的，我们除了在傍晚见面时的不得已点一次头外，是从不交谈一句的，他们有时还故意避开我的眼光，我的怀疑是一天加重一天。

我想要怎么样才能揭破这个秘密。

春天的下午是常常使人不容易在屋子里闷坐的，因为想排除一群无端的抑郁，一路听着鸟声，我踱步到山背后的小溪边去。事实使我惊讶了，原来我这一群蹊跷的邻人，也都在这边，他们向山谷呼喊着，个个活泼得像一头无拘束的小马。一个长个子首先过来招呼我，然后大家都围拢来，在热情的激励下，我们开始作了第一次深长的谈话，顺便我问起那个姑娘的姓名，她俏皮地对我说："他们都叫我阿紫，你也就这样叫我吧。"

从谈话里我方才认识他们原是那么天真的一群，真是出于我的意料之外的。这次踏着落日的余晖，我们同走回来。

以后他们也时常到我房里来坐，可是每次当我有意做着详细的问话时，他们又含糊地把话题扯远了。一个谜，我总得把它猜透，我苦恼着。

贴近在前线的人们，他们的生命是如同游丝一样连自己都把握不住的，但他们全像机警的鸟雀，能够镇静地躲开犹如流星般发射的弹丸，到底会使猎人发出懊丧的叹息来。

日本鬼子进攻青山了，城里的人连夜往乡下搬，男的，女的，附近村舍里，凭空添起许多陌生的脸孔。我的屋子里自然不能例外，房东太太因为接待她的客人，把自己的房间也腾让出来，但奇怪的是阿紫姑娘和她的伙伴这一晚没有回来。

次夜，我望望对面厢房里没有一点火光，仍然是静静的。

鬼子退走，已经是三天以后的事情，就在这晚，阿紫姑娘回来了。左面的脸颊上贴置着一方白布，有血水渗出在上面，陪着来的是两个不相识的男人，一进去就把门关上了，这举动立刻打断了我想过去探问的念头。

凭什么要我不怀疑阿紫姑娘呢？靠着枕头，我反复忖量着明天过去询问时应该采取的方式。

不料醒来已很迟了，朦胧里睁开眼睛，望见案头上歪斜地躺着一个信封，分明是从窗口里塞进来的，我为这新奇的事迹而感到兴奋。

信面上和信纸上一样潦草，确实是生疏的手笔：

……我们在余杭曾经做过不少使敌人发抖的事情，许多天来所以隐瞒你的原因，完全是为了便于工作，也许已经引起你的疑惑了罢？你一定会骂我浪漫女人的。这次我们参加正规军青山之役，两个同志，不幸牺牲了，我侥幸只有受着一点微伤。今后将仍为中华民族而努力！匆匆地走了，原谅我！

阿紫

恍然明白了事实的底细，我惭愧地埋怨自己几乎看错了人，重复念着“今后将仍为中华民族而努力”这一句话，似乎看清楚亿万个青年人的影子，正奔驰在祖国的郊原上，风沙吹黑了他们。

（原载《东南日报》民国二十八年六月二十七日）

笔 锋

一、一点感慨

我第一次遇见那个女人是在一条偏僻的小弄里，因为是雨天，所以只在纸伞的掩盖下面，看清楚一段小巧的身子，衣服是淡蓝色的，显得很素净。自然，一个女人装饰得很朴素，是很平常的事情，尤其在这个山村里，这条影子于是并不曾给我留下怎样深刻的印象。

一个下午，在电话局里意外地又碰着她了，使我注意的原因，还是那件淡蓝色的外衣。

一头短发配着一张瓜子脸，似乎还擦着薄薄的脂粉，看人的时候，总流露些羞涩的眼光，神情上像一个天真的少女。

“请你跟我问一声好不好？”

杭州人，从口音上听来绝没有错。也许乡情激动了我，很想冒昧地过去招呼她一声，可是接线员说出那方面的人没有在以后，她就匆匆地走了。

回来和陈偶然谈起，他冷冷地一笑，笑声里是充分含有轻蔑的成分的。

他说："这不过是一位姨太太，一个堕落的女性！"

"姨太太"，并不过分地说一句，这种男性的玩弄品的存在，在这个社会里，本来是算不得什么的。对于这类女人，照理同情的可怜的是应该多于鄙视的可憎的，但不知怎样，我竟也不能脱掉厌恶的心理，就很快地走开，不想再谈下去了。

昨天鲁从后方来，一见面不料就和我谈起这个女人。

"周笑紫，以前在杭州曾参加过好多个剧社的公演，你当然是应该认识的。"他的语气非常肯定，但我却极力否认，否认得使他有点疑惑起来。

"她本来还是一个相当倔强的女性呢！"鲁说这句的意思，原想引起我一些同情的表示，可是我摇摇头。

一个倔强的女性，为了享乐，竟情情愿愿地做着男人的××器，其他懦弱的呢？我不得不有了一点感慨。

二、雪茄烟与女人

把"雪茄烟"和"女人"这两个名词联结在一起，似乎不见得十分妥当，要是把"女人"改作"文人"那就贴切得多了，因为我们知道文人常是离不开烟卷的；至于爱摸女人的屁股，爱挖脚污臭，这一类自然又只好另作别论。

也有人把"女人"与"酒"看作一类，譬如"醇酒妇人""胭红酒绿"，这种句子我们是很容易在一般无聊文人的笔底找到的，尤其是机械论的悲观主义者，他们认为"酒"和"女人"

是用来消磨志气再好不过的东西，所以一遇到不如意事，就不惜狂嫖滥饮来糟蹋自己。这些要不得的论调和举动，一面当然是侮辱了女性，一面也替社会伏下了陷阱，在目前，无疑的应该有马上加以扫荡的必要。

可是我这个题目命名的由来，倒不是有意想再辱没女性，或者是替外国烟草公司做广告，如果真的这样看法，我可就罪孽深重，有不自陨灭的过错了。

原因是一位多年不见面的老朋友，这次居然在浙西的一个小县里碰到了，看他的样子很得意，据他自己说，最近的物质待遇非常满足，几年来的流浪生活，已可暂时告一结束，说完还微微一笑，他内心的快活是可想而知的。根据这番理由，自然我也替他高兴。最后他告诉我已经染上了纸烟的嗜好，而且非雪茄烟竟不能上口，空闲的时候，也爱玩女人，问我在这边有没有相当的门路，结尾的一句话是："也许物质条件太优越一点了，我们那个机关里的同事差不多都是这样的！"

朋友本来是一个很有作为的人物，我们在他身上曾一度下了很大的希望，但是这样一个青年，现在竟情愿交给颓废的生活了，我还能再说些什么呢？

对着敌人的炮火正轰响在耳边的今天，我痛心这一个事实。

（原载《东南日报》民国二十八年七月八日）

关于东南战报

我是一个不喜欢铺张事实的人,因为,我总觉得事情既然过去了,要是再有意把它渲染成一节生动的描写,自己仿佛就是这故事中唯一出色的人物,那无论怎样说,总是脱不掉一点“夸张”与“幼稚”的成分的,所以我一向不爱听别人充满宣扬性的诉说,也不愿意把几桩比较满意的事情,提出来告诉别人。于是,从学会说话的时候起,二十多年累积的日子,便使我变成一个沉默寡言的人了。

可是正因为我有一副沉默的性子,在生活上我确信是比较严肃的,同时对于每一件事情,我更有力求正确的爱好,这并不是我故意编造的炫耀的词句,大概每个熟识我的友人,都能够指出我这种独特的个性。

大约还是半个月以前,我读到一篇文章,这确实是鲁莽地揭穿了我行为上的一段秘密。为了要保持故事的正确性,当时我就感到例外的有来一次声明的必要,然而琐碎的事情压倒了我,一直就没有握笔的工夫。现在似乎是空闲些了,在静静的秋窗下,我忽然又想起这一件事情,所以就草率地写成这篇更正性质的东西，说是对于华沙君那篇文章的补充，自然也是可以的。

到现在，我真的还猜不出华沙君究竟是谁，虽然检点了许多熟悉的友人的名字，但在记忆里总找不出这么一个身份恰当的人，也许是从我另一位朋友那面听过去的，因为那时候甘愿和我一起在生命的边上溜滑着的，却还有一位姓金的友人。

那篇文章里许多细小的错误，今天我已不再想把它一一指出，所需要矫正的是在凑成事实的次序以及时间的错误上这两方面。

我已经不止说过一次了，被困杭州的三个月中，我看惯了染红半个天的火光，也看够了魔鬼们狰狞的面目，这呼声，这血迹，是永不会在心头淡下去的，所以在那许多惨淡的日子里，我时常感到屈服在敌人后方的耻辱，也就时常打算怎样来把自己的一切献给国家。

杭州失陷后一个月，替敌人鼓吹王道的汉奸报纸《新浙江日报》是大量地散发了，我一方面痛恨敌人用心的毒辣，一方面更担心这种毒质的渗染，会涣散了我们的民众们朴质的心，这样就引起了我分发宣传品的动机，考虑结果，我决定把这意思告诉给一位姓金的朋友，不想他更激动地高兴从事这件工作的进行。

接着在阴暗的小屋里，我们讨论在宣传品的种类，连带的讨论到怎样分发的问题，最后决定是编印一千张《东南战报》，由我们一群热血的青年朋友担任分发，姓金的那个朋友更连夜雕刻好了“东南战报”四个字的报头。在微弱的灯光下，看他那副因用力雕刻而咬紧着的嘴唇，我真是被感动得流出眼泪了。

可是哪里去付印呢？为着要实现我们的理想，我们决然的去冒一次生命的险，终于我们两个攀山跨水地走到临安。

原是预备私资付印的，可是那时候临安党部的特派员杨维礼先生，他慷慨地津贴我们印刷费用，而且殷勤地招待着我们。这份好意，此刻似乎还是值得提出表示感谢的。

回来的时候，正是三月的末尾，并不如华沙君所说的已是榴花照眼的五月了。

那篇文章里，好像还说起我们还在敌人后方斗争着的几句话，但我们却非常惭愧，已在去年的五月里，一齐跑到后方来了。至于给予我多量鼓励的，我的那位年高的母亲，始终是留守在那边，倒还是事实。

关于当时分送的经过，以及分送后敌人混乱的情形，篇幅已不能够允许我多写，只有留待于下次了。

附带要说的：这是一篇辩白，并不含一些报功主义的色彩的，请了解我。

（原载《正报》民国二十八年八月二十六日、二十八日）

追念松庐老师

我现在需要着的，似乎只有遗忘，大量的遗忘——因为记忆确实给了我太多的苦痛！在隔不到七十天的日子里，不想它竟会逼着我接连写出两篇哀悼性质的文章。我是一个心板有了碎痕的人，无论如何，担受不下这情感上的负载，所以我期望着从“遗忘”这一件事实上，可能给我带来片刻的安闲，然而我是失败了！随着时间的拉长，记忆不但没有黯淡一些，相反的却显得更其鲜明起来，于是在灰暗的窗子下，我只能伏着身子再来写下，我的这份悲痛。

认识松庐先生，仿佛已是十年前的事了。那时候他在杭州主编商报的副刊“安乐村”，在当时，那是一张销数很广的报纸。记得有一次，我读着他写的一篇叫作《哭七儿》的文章，浓重的伤感味，竟感动了一颗十五岁的孩子的心，我也竟不顾文字技巧的拙劣，就冒昧地寄一封长信去安慰他，署名是海月，意思就是说海底的月亮，因为我的初意不打算使他知道这是一个同情他的陌生孩子的手迹，传奇式的侠义举动完全支配了我，这种幼稚的心理，如今想来实在是很好笑的。

可是第三天的报纸上,他在代邮栏是说出了对于一个不识面的友人感激的意思,而且要求我能够告诉他明白的住址。经过一次再一次的通讯,于是我们熟识了。在他的竭力鼓励下,更引起了我写作的兴趣,我把“海月”两个字,用来做了自己第一次的笔名。

先生是非常爱好古典文学的,能够做很好的旧诗,无论是七律七绝,古风都是那么上口,那么含有情韵。由于他的影响,我也就有了学作旧诗的愿望,然而每次苦于声韵的限制,又不得不搁下笔来。我写信去问他要怎样才能排除这种困难,他的回答是:“多读,多写,熟了也就容易了。”

这虽然是一点浅显的理由,但对于我以后学习态度的影响,真不知孕育着多少大的力量。

“他是一位典型的书生气的人物。”这是我在他跟何丽英女士结婚的酒席上(这是他第二次的结婚),见面后立刻浮起来的感想。清癯的脸相,谈笑不拘的神情,一直到今天,还留给我深刻的印象。

为了要开拓杭州这块文艺上的沙漠,他还集合着许多友人,创办过文艺半月刊《湖上之花》。可惜不久,由于先生的离开杭州,第三期以后,就停刊了。

以后在上海中国化学工业社里,他仍然担任着文字上的工作,从几个友人嘴里得来的消息,他似乎很满意于那边的生活环境,而且已经有了孩子,不再像从前一样的抑郁了,我们都替他高兴。

前年,抗战的怒潮从北国的古城卷到明净的江南,不久跟着杭州的陷落,我们就隔断讯息。

收拾起一个简单的行囊,我终于在敌人的枪刺下冲出来了。走在祖国的郊原上,我任性放开流浪的步子,在临安,在於潜，在丽水，最后又来到平阳。

在平阳看着一片重重叠叠的山峦，听着我所听不懂的说话，我只像一匹负重的老马，耐性地挨着沉默的日子，我想：也许从此可以宁静些了。但先生的死讯，却又扰翻了我刚才宁静的心。

当读到你被刺殒命的这条消息的时候，我不能够说出那时究竟受有怎样重大的打击，我只觉得心上添有从未有的沉重的分量。

闭起眼，我看到你躺卧在血泊里的情景了，嘴角上隐约有一丝淡淡的笑痕。

不错，你是笑着的，为什么不可以笑呢？这样的死多光荣呵！你的国家，你的妻子，你的友人……

在烽火燃烧得正红的今天，自然你是不会甘心闭上你的眼睛的，然而你放下来的笔，我们已把它勇敢地接在手掌里了，我们发誓要写干最后一滴墨，来对付敌人以及一切的无耻汉奸！

我们不会忘掉敌人和我们的仇恨是多么深，多么远，血的恐怖也威胁不了我们！

与敌人周旋到底，是我们一致衷诚的愿望！你安静地躺下，你安息吧！

（原载《正报》民国二十八年十月十四日）

平阳即景

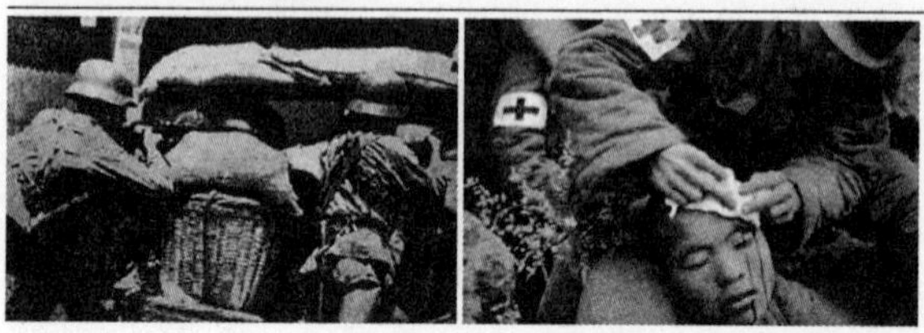

一、白　　鹭

本来就够阴暗的屋子，偏给院子里两株古老的槐树遮断了一抹阳光，于是只要把身子靠上窗槛，一颗心就会忽然觉得寂寞起来。

就在这两株槐树上，栖息着一群白色的鹭鸶，好几个微明的早晨，我被它们的喧噪从梦里吵醒过来以后，就一直被睡眠遗弃了，只得张着眼睛躺在床上望着白色的纸窗上微红的青光，慢慢看晓色一层层地揭开。

这样，对于这群鹭鸶，我不得不有了极度的憎恨，曾几次握起长竹竿呼喊着去赶走它们，可是，我终于失败了！它们依旧那么喧噪着，那么喜欢地呼唤着黎明。

但是，我毕竟也发现了自己心理上的矛盾，就是每当它们疲倦地驮着夕阳，飞回树梢来的时候，我又没有一次不是用闲适的眼光去抚摸遍它们的翅膀的。默默地倚着窗子，我有一点自由的憧憬。

假使我是一只无拘无束的小鸟，那白云，那山野，那辽阔的苍穹，该可以说是我的了。然而我不能摆脱卑污的人群，正如不能幻想添长起翅膀一样，最后我又不禁茫然地低下了头。

最近几天来，气候渐渐地凉了，晚上还能够听见秋风吹响着树叶的声音，旅人的心境上，平白又添加了忧郁的负担，我不能例外，我在西风里只能无谓地叹息。

昨天我却发现槐树上已不见一只鹭鸶的影子了，这不是真的被我几次的惊扰赶走了吧？但这么说分明又不是的，前些时候为什么偏不飞走呢？我思索了好久，我到底明白过来了，是南归的时节了呵！

“南归时节”，轻轻地念着这几个字，我蓦然被一阵悲哀压倒了。

那边的白云底下，不也正有着我的家吗？而且躺在远天下的那片山水，也曾引起了多少游人的脚迹。湖水是依旧的空明吗？我不能够释去这一份想念，我深重的怀念着它。

烽火中的田园，异乡人的心曲！明年，我盼望在家乡的土地上，再能够看一群鹭鸶悠缓地飞着回来。

二、废　　堞

十月的晚风吹起了；鸦群无声地低低掠过寂寞的古城。

因为贪爱暮天的景色，每个傍晚我总要邀老祝同去坍圮的城头上眺望一回的。

太阳慢慢向山背后沉落，染红了半个天的霞光，就像一片灿烂的血色，那道拦在山腰里的暮烟，缥缈的，轻柔的，盖没着蹲在山脚下的村子，卷上松林的梢头，这很快地使我想起中国画法的笔意来了，一道澄碧的河流，静静地流过来，河面上也有一层淡荡的轻烟，更点缀出黄昏的美丽。

清脆的橹声，有时也惊得一两尾银色的小鱼跳出水来。

倚着倾斜的废堞，我想起一幕城上发射的矢石犹如夏天的急雨一样的战争，我也想起仗剑怒目直立在城楼上指挥的铠甲英雄，我的思想完全沉浸在往古的回忆里。

有次我和老祝谈到一些城垣本身的事情：

“靠着它阻挡了胡骑的南来，使我们的祖先享受了多少年太平的岁月。”他说。

我的回答是：“也就是因为它，形成了我们这个民族的保守性，孤零零地被安置在世界的一角，然而历史的河床终于被资本主义的急流所冲毁了！我们的民族便一天天陷落在悲惨的命运里。”

他不说话了，暂时让沉默支配了我们。

“一个需要热血牺牲的年代不就站在我们眼前了吗？我们要抖去这一身积年的耻辱，而且一定要把握着灿烂的将来。”他忽然兴奋地喊起来，在稀薄的灰暗黑夜，我还看见他一张激动的脸。

我点点头，这时候闪烁的星子已撒满天空了，苍茫的原野，另有一番动人的颜色，可是，我知道在今天，正有不少的山河被侵略的魔鬼们用血腥染污了！

极不快意地走下城头来，枯败的衰草踏在我们脚下沙沙的发响。

三、忠烈祠

沿城一直向东约莫两里路，跨过一条小石桥，便可以望见那座建筑在水中央的忠烈祠了，周围环绕着几株柳树，看去有一派平静的风格。

屋子是由文昌阁改造的，显得很精致，洁白的墙壁，通明的玻窗，一跨是石阶，就会使人泛起爽朗的感觉。柱子上满挂着挽联之类的东西，词句大多是很工整的，想来总是一些斗方名士的手笔。供桌上安排着两三个柏叶花圈，但都很陈旧了。

为了民族生命的延续，他们竟勇敢地抛舍掉自己的生命，每次怀着一颗敬仰的心，默默地望着遗像上的人物，我有说不出的感动。

初来平阳的时候，正是炎热的暑天，所以祠堂前面就成了我常去游泳的地方，自然同去的并不只我一个。我们在水里玩得倦了，就走上来躺在堂屋里的长椅上休息，柳荫里一声接递一声的蝉鸣，又往往会替我们带来浓厚的梦意，最后我们又必然的是睡过去了，一直到看守祠堂的老人把我们催醒过来。

（原载《正报》民国二十八年十月二十三日、二十四日）

如是云云

一、喂喂，再会，再会！

要是真如张铁嘴之流所说：人是全由“流年”和“运气”摆布着的，那么我今年可总算是在倒运了。

最初住着的一个房间，因为太黑，太脏，而且有一次墙壁上的砖头落下来，几乎打断了我的脚骨，还好我是弯着身子睡的，没有闹出事来，但吃惊也就不小了，于是决定搬。这次是自己去看定的，坐东朝西，比以前的那个地方要光亮了许多，满以为从此可以享些清福了，然而一到晚上，就变做老鼠的世界，它们一忽儿跳上桌子，一忽儿又跑下地来。最奇怪的是它们还会掀开饼干罐上的盖子，大吞大嚼。有几次在黑暗里，我也逼起嗓子来装着猫叫，希望借此吓走它们，可并不中用，这声音似乎与它们全不相干，依旧一样的掀罐子，咬抽屉。也许冒牌货总归是不行的，它们早知道得很清楚，所以只给你个不理不睬。最后只得点着火，起来检查一番，再安心睡下，可火刚吹熄，又照样掀盖子了。又起来，又睡下，没法子终于硬起头皮顾自睡了。

这样，我的睡眠时间无论如何是要打折扣的，唯一的补救办法，只有用午休来补足，可是，“喂喂！那里，那里，再会再会！”这一片声音又吵得我不能够安心地闭上眼睛，结果，仍然只得起来。

偏巧不巧的隔壁又是电话室，真活该倒霉。

有一个常来打电话的，从语音上听来大概是绍兴人，“喂”得特别响，声音里还时常带了有意做作出来的假笑，这虚伪是无法掩饰的。

“喂喂！再会，再会！”这一句熟套的话，今天忽然引起我的另外一种感想来了。我想整个社会，不，整个国家，不，整个世界上的许多事情，都可以用“喂喂！再会，再会！”这句简明的语句里所含蓄的哲学包括了的：要想利用你的时候，就拼命“喂喂”等，要踢开你的时候，又拼命“再会再会”了，虽然你是还有许多话想说，并不愿意就此再会。

我是这样说的，信不信却全在你了。

二、办公费

不知道是我们这个地方“与众不同”，也不知道是到处都一样的？如果是我们这个地方比较特别些，那倒没有什么，否则我就不能不有点悲哀了。

别的不管，就单从字面上着想吧，办公费绝不是可以随便拿来作私人零用的，这点意思，谁都得承认，我以为。

然而事实并不如此，办公费的意义，不知怎么一来竟弄得进步了，费解了，唔！单靠名目好听，仍然是没有用的，我也就明白了。

听说聪明不过的是我们中国人，怎么样好的东西，一到我们聪明的同胞手里，就会全都变坏，即使你名称是定得怎样堂皇，甚至法律定得怎样严密。

你听听下面这段谈话：

甲：老兄在那边的待遇是五十块吧？

乙：嘿嘿！还有办公费二十块！二十块……

于是这边回答过去的也是一个“嘿嘿”。两个“嘿嘿”凑在一起，就此无话可说，心照不宣。

我是住在这样一个地方，我是常常听到这样一类谈话的。

三、你也不看看我的领章

刚在给朋友写一封信，隔壁会客室里忽然有了吵架的声音，吵架在这里原是常事，于是不去管它，依旧坐着写我的信。声音越来越大了，仿佛一句蓝青官话特别显得响亮，那是：“你也不看看我的领章！”

过了一会，阿三进来告诉我，刚才一个军官模样的青年和号房打起来了，打得很凶，结果是号房被打耳光三下，军官被扯落纽扣一颗，原因却是一个要直接进去看×长，一个却一定要他在外面等等。

这么一说，我把刚才听见的“你也不看看我的领章”这句话的意思弄清楚了。

打架本不足怪，所怪者是一个“军人模样”的“青年”，竟会和工友扭打在一处，尤怪者：是一面打，一面还喊着“你也不看看我的领章”。

领章上金星的数目，以及符号边上的颜色，这些在工友们的眼里，大约是不会弄得怎么清楚的，因为他们多半没有读过《步兵操典》之类，难怪他们有眼不识泰山，竟至于动起手来了。

我想：一个工友敢于和人对打，实属不法已极，一个要人家看领章的“青年”，竟又会把手掌随便打在工友们粗糙的脸孔上，似乎也犯不着。

最后我问阿三，那么在那个人的领章上，你究竟看见几颗星？

“一颗。”他毫不在意地说。

想来一等兵是绝对不至于的，少尉也未必是，恐怕总是什么“校”吧？好在全是别人的事，我也就没有再问。

四、世界上原是互相骗骗的呀

我的朋友！并不是胡适之——老竺，昨天傍晚皱着眉头跑来，开口第一句话就是：“我厌恶这个丑恶的环境，我决定要走了。”看情形是很坚决的。我照例要他在靠墙壁的那张破藤椅上坐下，照例再倒一杯开水给他。

说要走，在嘴里已并不是第一次，正像许多人喊口号一样，喊过也就完了。当时虽然痛哭流涕，但第二天笑嘻嘻的还是那个样子，好似没有那么回事的，只有真不二价的老实人才上他们的当，相信他们真是了不起的人物，稍稍聪明些的家伙，早就肚里明白，正因为有些小聪明的缘故，所以他们把偌大的一个秘密，始终闷着不说出来。

“真要走？为什么？”沉默了一会以后，从朋友的情谊上讲，我不能不开口了。

“为什么？还不是看不惯。”他把脚顿了顿，仿佛那里“看不惯”都是我累着他的。

又是沉默，可是，我心里在想：“这傻子又在发傻劲了。”我说过只是在想想而已，所以始终没有把它喊出声来。

“我还去看过陈先生。”所谓陈先生，是他唯一相信的老师，我知道，“告诉他我不愿意再做这种造‘工作报告’，造‘报销’的骗人的工作，你猜他怎么说呀？”最后一句话，他特别说得响，但我一向就不爱管闲事的，响尽管响，但我还是冷冷的把头一偏：“怎样说呀？”巧妙地仍旧等着他的回答了。

“他说么，他说孩子，孩子，世界上原是互相骗骗的呀！一气，我就跑回来了。”

“当真？”我问。

“谁还来骗你。”

我又不说话了，我的耳朵里只响着一个声音：“世界上原是互相骗骗的呀！”

五、升平楼毁了，可惜可惜

敌机来了，一群人乱哄哄的向城外逃，敌机去了，一群人再乱哄哄的从城外走回来。

“要丢就丢好啦，偏叫人次次跑空趟。”一个胖子说，似乎炸弹丢下来，并不是丢在中国地方，与他也毫无一点关系。

“你看中国，乱七八糟的也不像个样子。”一个更胖的胖子说，他似乎也忘记了自己还是中国人。

然而九月二十五号的下午,终于丢下来了,炸弹以外,更加上硫黄弹,更加上机关枪扫射。

恨着跑空趟的朋友,这次该会满足了,我想。

火也放了,人也杀了,于是敌机也嗡嗡嗡地叫着去远了,自然大家仍是一样乱哄哄的走回来。

"什么地方毁了?"

"升平楼菜馆。"

"升平楼毁了。可惜,可惜!"

我看一眼说着这可惜可惜的人,年纪很轻,光头,中山装,十足是一副公务员的打扮,要不,就是吃教书饭的。

这样的老百姓,这样的知识分子,我们的政治工作呢?

六、溜绳桥

也是从闲话里谈起的,谈饭菜好坏,谈天下大事,愈谈愈有劲,忽然谈锋一转,有人谈到了溜绳桥的问题。

先得弄清楚,我们谈的溜绳桥,并不是戏场上走钢丝的别名,也不是童子军课目中的一种,我们是说被称为"国宝"的青年,现在像是在大溜绳桥。

东边招考了,拥到东边,西边招考了,拥到西边去,明天看看南边征聘的广告,待遇既高,工作也轻便,于是照样一窝蜂似的拥到南边。

这,是溜绳桥吗?而他们偏要说:动荡的时代呵!突击式的工作呵!什么什么呵!呵!……

于是乎正式的学校没有人进,小学教师,没人要当。没有人肯安心读书,倒仿佛不大在乎,没有人教书,却苦煞孩子们了。

自然，没有人肯当小学教师的另外一个原因，是报酬太低，低得差不多连吃饭都不够本，听说以前丽水小学教师，竟有每个月只拿五块钱的。

固然，我们不希望青年溜，但也不希望一些人明晃晃地打着旗子来抢，因为溜的责任，是在青年本身，而抢的责任，到底不能要青年自己来负了。

有人把“溜绳桥”这三个字读作“溜人潮”的，我想也对。

七、这样也算以身作则么

要强国，必先强身，这一句话，记得我在初小四年级的时候，就已听到老师们一再解释过了，当然不会错的。机关学校化之后，才会有秩序，有生气，这句口号的意思似乎也不错的。跟着，某个机关里就开始摇铃吃饭了，开始实行早操了。

关于摇铃吃饭这一个节目，倒一直没有坏现象，没有人敢去得太早，更没有人肯到得过迟，好像真是“五千年文化之邦”，都是那么有礼貌的样子，其实是不然的，最大的理由却不在礼貌的讲究与否，而是去得早，别人不肯，到得迟又自己不肯。可是“早操”这个节目，却不行了。

开始的几天倒还好，大家都在兴头上，弯腰，伸腿，举手，扭头，一套一套地照着做，但是五天以后，情形就日见坏了。最初是×长不来，接着是秘书不来，又接着是科员不来，人数的单位，很快从百位上移到十位上了。不参加的原因，有的说是“玩厌了这一套”，有的说是有病，而且多数说是有病的。

两星期后的操场上，就零零落落的剩着二三十个人，据调查，有十五个是书记，此外是事务员，一个是×主任。

×主任真了不得，难怪签名簿上天天是写在第一格的，一般人都不由得暗暗佩服，而某主任自己呢，也很高兴，高兴得有点得意。有一次纪念周上，他还特地提出“以身作则”这个题目，来发挥了一番。

可惜得很，×主任这个“身”终于也不能作起“则”来了。因为有人见他天天点着灯起来，扎绑腿，上早操，而又天天在下操以后，再钻进帐子去睡到十点钟以后才起来的。于是该苦的只剩了录事员和办事员。

谁叫你们不懂得其中巧妙的？咦！

（原载《正报》民国二十八年十月二十九日、三十日、三十一日、十一月一日）

重过矾山

一、舱　　中

我总不喜欢平静的生活，所以我也不爱那长年无声无息流着的河水。如果是一朵雄伟的浪花，任凭慢慢漫上岩石来的海水会湿透了自己的鞋，对于它，我却还是有说不出的兴致的。有时候我更羡慕一匹脱却了缰索的野马，那样轻快，那样自由！虽然从蹄子下滚卷起来的黄尘，很容易扑打进眼睛，使它立刻失掉奔跑的勇气，但比较一条在鞭子下讨生活的平凡的马匹，总可以说是有意义得多，而且幸福得多。这种性格我是幼小就有的，二十多年时间的磨炼，也并不就减少一些。呼啸在蓝天下的苍鹰，泼跃在水面上的游鱼，它们每次都使我不自持地掉落在神往的沉思里。是的，我还有一颗爱好自由的心，我想：也许正因为这样，在流浪的岁月里，会结束了我的一生，然而我将绝不会有一些追悔和埋怨，要知道这正是我所心愿的呵！

在平阳我应该说是忧郁的。天天从疲乏里送走了晒出窗子去的太阳，对着深沉的黑夜，我又空虚地等待第二个明天，没有一丝友情的温暖，没有一点爱恋的点缀，只是冷清地度着无边无岸的日子。我怎样能够消受这份遭遇呢？于是在十一月六号，一个冷风吹起冷雨的早晨，就决定再去走访一趟矾山了。

恰好小徐也去灵溪，自然大家都很高兴有了旅途上的伙伴。在南门外下船，看河面上飘荡着浓重的烟雾，一抹山痕，像是经过淡墨渲染的画家得意的手笔。等渐渐离市稍远了，我才坐下来，靠着舱板，闭起眼领会打在船篷上的沙沙的雨声。水手的蓑衣湿了，欹斜了，小徐不说一句话，舱里有几点雨珠飘进来，空气是寒冷的。十点钟小船把我们送到鳌江，雨还没有停住。

二、夜渡鳌江

因为是雨天，平时叫嚣的渡头上也让难堪的寂静所占有了。

垃圾堆边闪过几条瘦伶伶的影子，那是一群拾荒的孩子，他们无论是毒热的夏季，或者严寒的冬天，都得到这里来寻取一些生命的根源的。他们梦想不到世界上会另外有一群在暖和的摇篮里沉睡过去的孩子们。各个人只是一任无情的风雨，把烂漫的童年悄悄带走，其中更不幸的一些，就在乱葬坟上把身子喂饱了野狗。

我感慨着站上昏暗中的渡头。

等着夜潮涨起，我们才雇好一条小船，离开古鳌镇。

黄浊的江水，滚向灰暗的天边，江面上听不到第二支橹声。这次，水手是一个粗壮的中年人，他用力把着桨，不使船身在风浪里倾侧，手臂上一条条粗壮的筋肉，都清楚地凸现起来，看着这样动人的一个场面，我禁不住感到了心的战栗。

风雨中渡江的经验，这在我还是第一次，才知道水上生涯却也并不是全如一般文人所歌颂的那么富于诗意的。

黑夜完全吞没了江水的时候，风雨仍然没有停止，小徐的鼾声紧凑着风雨的呦啸显得渐渐响亮起来。

到灵溪已经是深夜了，"豁朗，豁朗！"踏着街心的水洼，好不容易摸进一条弄子里去敲开朋友的门，灯光下我们只惊讶地看了一眼，来不及说出一番寒暄的话，门就闭上了。走进屋子，远处飘来一阵鸡啼，我实在已不想说些什么，就迅速地向木板床上一倒，等明白小徐是蜷着身子也跟着倒卧在我脚边挨过了一夜的，那是第二天的事了。

三、在灵溪

刚吃完早饭，一位姓唐的朋友跑来，要我去参观灵溪小学，我虽然是一个很怕和陌生人周旋的人，但是对于别人好意的邀请，哪里能够一味固执的推却呢？

天虽然是晴了，可是街路上还是泥泞得很，狭小的街心，满是挤擦着的肩膀，各式各样的蔬菜担子又拥塞得街路两边没有一点空隙，店铺里的小伙计忙碌着在招呼买卖，店堂里是乱杂杂的一片，猪肉摊子边上有谁用劲地打得一条野狗号叫着直往人丛里钻。这里有的是纷乱和污浊。

学校的位置，是在街路的尽头，房子还算整齐，布置也算得上简洁，约略到各处走了一遍以后，觉得一个乡村小学有着这样的成绩，确实已经是很不容易的事情了。

顺便碰着一位区教育委员，他告诉我许多关于南港区教育事业的情形，最后他说：八块钱一月的教师待遇，真是要人瘪着肚皮干的。

我不能够用更好的话来答复他，只淡淡地笑了笑，这笑痕我自己知道是很勉强的。这样的时代，这样的现象，要我怎样能够不替眼前的一个事实悲哀呢？

下午，我又到那个小学里去演讲了一次，题目是“杭州沦陷前后”，其中我介绍了不少西湖上的景物以及民族英雄的事迹，几百个小朋友都用乌溜溜的眼珠看着我嘴角的掀动，从当时流露的神情上，我读出这是许多有希望的眼珠。

四、一日山行

我们走在曲曲折折的山路上。

石子时常绊痛了我们的脚趾，沿路的野刺藤又不时地拉扯着我们的衣裳，两个人默默地低下头，小心着自己的脚步。偶然有一些虫豸因有脚步的惊动，很快钻进到草底里去，使枯草发出窸窸窣窣的乱响。

唐是一个农业指导员，他有很多可以怎样使树上的果子结得多，田里的稻穗结得重的常识，黝黑的脸孔配合着一副结实的身体，纯粹是一个老练的乡村工作者。这时候也许他在担心着这段难走的路程，所以只是匆忙着走路，本来一支好听的山歌，或是一支应时的歌曲总会从他嘴边溜出来的，我呢？却也在想着另外的一件事情。

到欢美，太阳打直了，我们就地到一位熟人那里草率地吃完一顿午餐。

下午继续走路。刚转进一处山谷的时候，背后忽然“砰”的响起一下枪声，这声音使我们吃惊不小。回过头去，原来离开我们不远的地方，正有一个打鸟的猎人，在捡起地上一只只已经死伤的小动物，得意的笑容，留在他的脸上，我们才把心放下了。

爬到最后一条岭上，初冬淡黄色的太阳，只剩下了一点影子，我们坐在一株小松树下，让山风吹干薄薄的汗衣，看连绵远去的山峰，延入福建的省境。

脚下有两三只乌鸦缓缓地向晚霭里飞。

我很想斜欹着树根多坐一会儿，但是唐却一迭声地催促着要走，自然，我只得顺从了他的意思。

到矾山，人家的窗子里已透出闪亮的灯火了，这夜我们借宿在厂工会。暗淡的煤油灯下，一大批朴实的脸孔，带给我很大的激动。

五、难懂的说话

矿工合作社的社员大会是在辒山小学里开的，时间是晚上。

社员到会的有二百多个，大多是青年人，他们三个、五个分散着在煤气灯下兴奋地说着话，我没法听懂他们的意思，只能够在懊恼或者欢喜的表情上，揣测着一些哀乐的成分。同是生在中国的土地上，而且同是浙江人，两方的语言竟会失去了表达的作用，为着这件事情，意外地使我引来一点不快的感觉，同时我记得有人说过：许多年来中国的不容易统一，最大的理由固为难懂的方言，替彼此间造成了一道坚厚的长城，这句话的确是有充分的理由的。

“似乎走进另一个国度了。”我对身边的伍区长感慨地说。

“连我也不大容易听懂，何况你们外人。”伍是平阳人，无论如何，他是不会不懂得的，可是他说这句话的意思，是在替我对于方言的理解力太薄弱的这个话题上加上一重掩护。这点用意，我是明白的。

开会的时候，主席暂时当作了我的翻译，我用沉重的语音只说出一些简短的话。

我说：合作社只要本身健全，任何外来的恶势力不必怕也不需怕，要是想利用合作社的外形来掩饰垄断的事实，这在政府是不允许有，而在合作社更是不应该有的。

以后是区长的演说，他把“建国之首要在民生”这句话的意义解释了一遍，然后把合作运动对改善民生的关系的重要做了解说。

开好会，我独自摸索着走下山坡，一丝冰冷的雨花飘到我脸上来，我担心明天该又会下雨吧？

六、走进矿洞

上次到矾山来因为不幸病了，于是只看过一个绝浅的矿洞，这回我决定要取回这个补偿，于是趁着午饭前的一段空间，就邀着一位工友，要他领我去参观些比较深远的矿洞。他答应了我的请求，临走又叫我换上橡皮鞋，说矿洞里不仅是黑暗得很，而且是潮湿得很的。春天水涨的时节，往往会有一丈多深，工友们只得浸在水里工作，冬天好些，所以现在矿石的产量，在一年的许多日子中间，算是最多的。

路上陆续遇见许多进矿洞去的采石工人，他们的脸上全部没有一点血色，鼻孔里塞满着乌黑的煤烟，手里一盏小巧的煤油灯，跟着他们不稳的脚步不绝地向左右摇摆。有几个还很年轻，不想为了生活，竟把美丽的青春也平白埋葬在自己挖掘出来的矿洞里了。

我们先去的一处，并不算深，水却涨得很高，我随手从地上捡起一方石块来抛掷下去，那水花反溅起来的声音很大，像有一件沉重的东西掉到河里一样。

第二个矿洞，我是弯着身子进去的，一抬头就会碰着坚硬的石壁，地上的水湿映着灯火，泛起一片零碎的闪光。约莫进去一里多深，就听到响亮的水声了，刺鼻的煤油气，使人很不好受，我真想不再进去，可是陪我进来的两个工人却尽顾熟悉地朝前走了。一直到两里多路，我才把身子挺直一些。靠岩壁的木架上，正站着三个工人在挥动着粗壮的臂膊，把矿石从顶上敲下地来。这是一种非常危险的工作，如果偶然疏忽的话，三个人就会永远被掩埋在矿洞底里的，而且因为吸不到干净的空气，据一位站在我身边的工友说：矿工们的年龄很少有跨出四十以外的希望。

走出矿洞来，在离开洞口两三丈远的地方，就看见一些由外面透出来的光亮，当时我的一种喜悦的心情，确实是难以言说的。

"只有长远被禁锢在黑暗里的人，才真能够了解光明的可贵，应该珍惜，甚至是一星火光都好。"这是我回来以后，写在手册上的一句简洁的话。

七、归　程

在山上过去六天，我顺便还去参观过好几个矾窑，看工人们把石块放进烧炼的窑洞，再取出来敲成碎块，然后浸在水里，再经过一番烧煮，倒在桶里，使它结晶成整块的明矾。同时我也听到一段关于发现明矾的故事，那是后代人荒唐的传说，不可以使人相信的，这里我也没有把它写下来的必要。

唐因为去马站，先一天走了。在第七天的早晨，我终于又独自踏上寂寞的归程。过藻溪，过乌石岭，在乌石岭脚，才见到一条去鳌江的小船。暮色已经包围着远近的村庄了。

晚风吹起来，一群雁子哀叫着掠过长空，这是家乡灯火可亲的时节呢！但是血腥里的家乡，要几时才能插遍祖国的旗帜啊！旅人的哀愁，使我对着河水，许久不想抬起头来。

到鳌江宿夜，一早小火轮把我带回县城。附带愿意说明的，艰难的旅程虽然把我的身体折磨得很疲乏了，但我一颗不安定的心，依旧不会有一点疲乏的感觉，我还想走更远的路。

（原载《正报》民国二十八年十二月十二日、十三日、十四日、十五日、十六日）

杭州——我的家乡

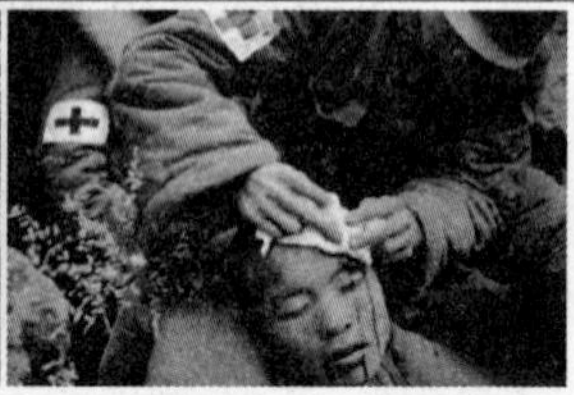

今天，对着茫茫的海水，一股阴郁的巨流又向我心底流过了，我记起那片失去了的土地，在那里有使多少人难以忘怀的湖山，有我熟悉的一切，我的家。

跨开茫然的步子，我仿佛还是走在漫长的堤路上，柳条吹起来，柔和地拂过我的头发，保俶塔还是那样挺秀，湖面上的鸥群也仍然是活泼的，我怀着无限的欢喜，淡淡地笑了。然而腥腻的海风，卷过平浅的沙滩，卷上古老的堤岸，很快的就把我的记忆带向遥远了，掩起脸，我说不出一句话，我有异样的悲哀。

我是永远不会忘记的，那耻辱的一个晚上，到处是火光，到处是血迹，枪炮声偶然稀疏下去的时候，接着起来的却是一片漫天漫地的哭声。借着闪映的火光，我看过不知多少鲜血淋漓的死尸，他们在很短的时间以前，都还是和我一样的人，但是这时候他们是悲惨地死去了，嘴全都微微张开着，脸色是白的，白得像一张纸，眼睛半闭不闭的，流出一丝愤怒光焰。女人的脸相是更痛苦了，牙齿紧紧地咬着，头发纷乱的披散开来,从破碎的衣裤上,可以看得出她们是经过了怎样的挣扎才委屈着死去的。当时我跨越着一个个的尸体,真没有一点想要流泪的意思,这不是忍心,我知道这是仇恨的火焰把我的泪水燃干了。

十二月二十四,血色的太阳旗开始插上武林门的城头,敌人的马蹄于是狂暴的作践着美丽的湖山,湖水流得喑哑了,像是凄楚的哭泣。

在我的生命没有终结以前,我也是不会忘掉母亲那一番嘱咐的:“你走吧!我很明白个人的悲欢,在此刻是不值得计较也不允许计较的,你们年轻人还有灿烂的日子留在后面,国家需要你们,时代需要你们,我固然老了,可是对于这一份骨肉的恩情,我是还有勇气牺牲的,你好好去吧!为你自己,为了期望你的人。”是的。为要答复所有期望着我的人,我需要贡献出更大的努力,母亲给我的教训太伟大了!我决不能做一个自私的人,我要用血来洗去兄弟们的耻辱。

记得是飘着春雨的一晚,忍心抛弃掉一切故乡之恋,我终于走向自由的天地了,那种喜悦的心情,我觉得是无可言说的,正像一个长久在黑暗里摸索的人忽然望见了指引的光亮一样,可是望着祖国的旗帜,却也更使我想念着苦难里的家乡。

在辽阔的原野上,我是任情拖动着放浪的脚步,两年来曾从浙西的一角,走到海防前哨的浙东,但是我似乎是命定着不能够有一刻安闲生活的。虽说是几千里的征途,却仍是使自己对于流浪生涯并不感到些的厌倦,如今迎着连天的烽火,我是还想走更远的路。

我也曾经想过:在流浪的旅途中,自己的意志,绝对是不会变得更其脆弱的，因为流浪可以使一个人的感情历练得格外坚强起来，这坚强的性格，是被大时代呼唤着的青年们所必须有的。

杭州，我生长起来的地方，以后我是将离开得你更远了，然而我是要回来的，到把握着胜利的一天，我是要回来的。

现在快到北风吹雪的时节了，我惦记着孤山的梅花，是不是依旧开在枝头的？还有那些看梅的人呢？我希望有谁能够告诉我一些确实的消息。

海水不知在什么时候涨上来了，抬起眼来，我的思念，是随着逝去的波涛流得更长更远。

（原载《东南日报》民国二十八年十二月二十四日）

平阳的矾山

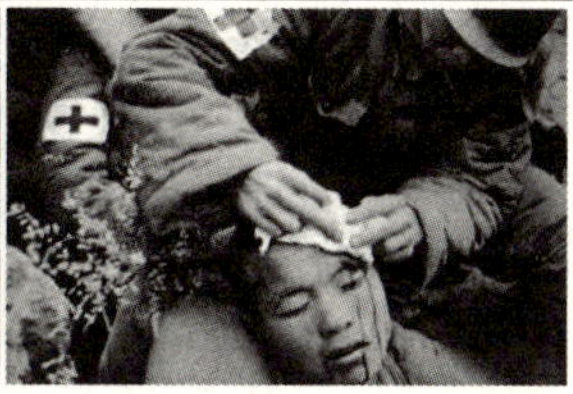

有许多浙江人，对于平阳的矾矿一直到现在还是不十分清楚，甚至是不知道的，也许是因为在抗战以前这个被安置在浙东一角的小县城在地理上引不起一些人注意的缘故，但最大的理由却是交通的不便，譬如从平阳县城到矾山，除了约莫四十里的水路外，其余留下来的七十里，就只有步行了，何况走的又都是高高低低的山路，要是遇着雨天，一个旅行者，就必须加上更多的担心，慢慢地挨着走，否则，翻过一条岭脊的时候，就会跌上好几个筋斗，使你再没有跨上第二座山坡的勇气，于是去矾山就是当地人也认为是一件很不容易的事情，这本国唯一的产矾区域，就这样被人忽视了。我们知道在生产重于作战的现在，单着眼于战绩的鼓吹，事实上是不够的，更重要的，我们还须注意生产的鼓励以及企业的开展。凭着这点理由，所以在两个月以前，我就有把这个一向被人忽略了的宝藏写出来介绍给大家的愿望，可是因为采访的困难和调查的费时，直到今天，才有了握笔的机会，这是我得附带在这里说明的。

一段传说

矾矿的开采，究竟是从几时开始的？这是一个不容易答复的问题，有些人说在宋朝时候就被发现了，然而历史上无从考察。《明史》上虽有提及，但叙述很不详细。我们看着堆置在矾山附近像小山一样的矾山矿渣滓，确实可以推测得出至少也已有了三四百年，于是起于明朝这句话，似乎也比较可以相信一点。但发现的经过到底又是怎样的呢？这照现在流传在矾山一带人民口头上的故事来讲：说是从前有姓朱和姓郑的两家，避难到这里来，随便就捡些山上的石块砌成饭灶，以后不经意把水泼在石块上，日子久了，就见有许多结晶体的小粒附着在石面上，起初还以为是偶然的现象，再去另外捡一些石块来试试，不想都是这样的，于是高兴得很，就把他们发现的经过，好奇地跑去告诉住在附近的人，接着大家就起来仿效，不久，知道了这是很有用处的明矾，便渐渐从事大规模的开凿和烧炼，注意的人一多，矾业就一天天的兴盛了。

明矾功用

在医药卫生的用途上，明矾是占着很重要的地位的，譬如自来水厂在施行的沉淀过程上就需要大量的明矾，因为它溶在水里以后，就能够形成一种稀薄的氢氧化铝的凝结体，裹着水里所含的污物，使它下沉。杭州人把一小粒明矾丢在缸里，用力搅动，然后使水澄清，正也是这个道理。其次因为矾石含有杀菌作用，所以患疮疾的人，可以把明矾在火上锻成粉末，用来代替消毒药粉的。明矾的成分里又含有硫酸钾、硫酸铝，很多都是植物的营养料的主要品，在肥料的应用上，需要也很大。此外如果用明矾混在纸浆里所制造的纸，它的渗透力特别弱，所以许多造纸和制墨水的工厂里缺少不了明矾。由于它可以有沉淀杂质和避免渗透的两种功用，直接难染色的染料，可以用明矾作为媒染剂，先把要染的东西浸在矾水里，然后再投入染料，那么纤维中就能够生出一种不溶性的化合物，成为染色质。因为物质的褪色，都是发生氧化的缘故，而这种溶液正可以使纤维变成胶质，有着不易氧化的特性。用矾水摩擦皮革，能够使皮质更为柔软，对于制革工业，有很大的帮助。其余如制造军用品，替代酒石酸等种种用途上，明矾都是很重要的工料。听说从前内蒙古、华北一带明矾也大畅销，因为它是可以作为医治驼马疾病的药料的。自然，琐碎的用处还有很多，上面所说的，不过是比较显著的一些。

矿石开采

快到矾山的时候，就能够听见一种叮叮当当的金属击碰的声音很调和，也很有节奏，这就是工人在开凿了。一位老年的工友告诉我，说在十年以前用炸药取石的方法还没有发明，那时节采矿是一种极危险的工作，那方法是先用铁锥凿在矿石四周挖掘到相当深度，于是用猛火日夜烧烙，使石块裂现碎纹，然后用杠子把它挑下来。要是一个不小心，石块崩塌下来，那就会被压成泥浆了，即使侥幸不曾丧失生命，失去一条臂膊或者断掉一只腿那总是免不了的。近年来虽然好些，但死伤还是难免。听了他的告诉以后，我曾亲自到矿洞里去参观过一次，看着每一个高高的木架上，站着三个工人，挥动手里的铁锤用力击打着头顶上石块的情形，我感到危险性还是存在的。最深的矿洞约有四五里深远，跟在采石工人的背后提着浓烟的煤油灯，我也进去过一趟，一路弯着身子，听着流在洞底的水声情景，恰和走进杭州南山脚下的水乐洞差不多，所不同的，只是曲折比较多，以及高低起伏也较大而已。

烧炼明矾

石矿由挑运的小工送到矾窑里，第二步程序就是开始烧矾。这里我先得把矾窑的构造说一说：窑身的高度大约是一丈四尺，深也差不多，阔二丈六尺，都是用石叠成的，原约二三尺，上面放着第一只大锅，是蒸发煎煮用的，中间分成两排，是堆置矿石的地方，前面的洞口约六尺见方，装卸矿石和柴草，都在这里。前面说过，窑里是分做左右两排的，窑工收到矿石以后，就把它拿来堆放在每排的中间，再在矿石和窑壁之间，放进大块的木段，两边更添些细小的木条，和草料帮助燃烧，经过二十四小时，矿石就被烧透了。左右两排的矾石，是隔日轮流装卸着的，当左方开烧的时候，右方就叠石，等到左方出石，右方再准备开烧。每天烧一排，不能够有一天停止，因为火停窑冷，再烧的时候，就需要多量的柴草，因此要增多更大的生产成本了。关于提取明矾的步骤，大约可以分做下列几种：

一、把烧烙过的矾石，浸在水里数分钟。

二、浸出矾汁。

三、再放在桶里用水浸。

四、经过二十四小时，抽取浓厚的液汁加入清水，滤去渣滓。

五、倾入窑顶的大锅里而煎煮蒸发溶液，使它的浓度增大。

六、取出浓厚的溶液，倾在矾桶里使它结晶。

七、经过十多天，将桶里的清水倒出，于是锯开搬取沿桶固结着的明矾，每块约重六七十斤。

矾是这样被炼成功的，其间因为没有科学的应用，所以无形的浪费，还是很大的。

矾石种类

矿石的种类很多，所含成分并不一定，所以价格的贵贱也不相同。现在对于矿石的分类，仍然不是根据科学方法的，价格的品评全靠厂里司秤者的经验，而司秤的经验又完全以矿石的外形色泽各项作标准。下面所举出来的一些，只不过是普通的分类所含化学成分的分析，是根据“中央研究院地质研究所”化验结果的报告的：

一、生子。是已经矾化的凝灰岩，内含半圆形或角棱状的石块，色泽不一，形状大致一律，内含矾石约百分之九十二强。

二、□花。由粒状体组合而成的矾石，颗粒均匀，颜色黑暗，内含矾石约百分之八十强，所余水分与二氧化硅、氧化铝可视为高岭土。

三、虎斑，是浅红黄色的细粒矾石，内含平扁形的黑块，形成斑纹，亦即矾化的流纹岩，含矾石约百分之四十一，石英约百分之四十八，其余为高岭土，约百分之九点五，及赤铁矿百分之一强。

四、细花，质粒细密，色有绿白微红等类，中有细黑线，即氧化铁之细脉，大都为纯粹的明矾石鳞片所组成，亦有矾化流纹岩在内，土名大花，含矾石约百分之六十强，又石英约百分之二十五，其余为高岭土约百分之三点五及赤铁矿百分之四。

五、大仁，色暗紫，质纯细而密，兼有黄白斑纹，大都为矾化流纹岩。

六、白□，色洁白，质细亦为矾化流纹岩。

七、乌溜，色深黑，质亦细密，含氧化铁颇多。

至于明矾的种类，依目前的分法，大概有下列五种：

一、大明珠，约占产额百分之五，每包售价约值规元三两五钱。

二、撮珠，约占产额百分之四十，每包约值规元二两五钱。

三、掌珠，约占产额百分之二十，每包约值规元一两八钱。

四、□珠，约占产额百分之二十五，每包约值规元一两三钱五分。

五、粒子，约占产额百分之十，每包约值规元一两一钱五分。

“大明珠”是最上层的结晶，质地最洁净，所以又称清矾。粒子则结在最下层，夹带泥质，黄黑色，故土名亦称“桶脚”，可以说是矾类中间最坏的一种。

矿区储量

矾山所有矿区的面积，计自北山街南部之□角岭头起，南经水尾山，止于鸡笼山东尾露头，长约五千五百公尺，合华里约十里弱。蕴藏矾矿储量，据“中央研究院地质研究所”估计，矾层厚约一百八十公尺，以矾山街小河底为深度界限，沿岩层深入，可达七百五十公尺，矾石比重取其折中数为三七五计，可得矿石二千余兆吨(2041875000 吨)。化验结果优等矿石含明矾石约百分之九十，普通者百分之六十有余。以百分之五十计算，可得明矾石一千余兆吨(1020937500 吨)。内含氧化钾约百分之五，计五千余万吨(51046875 吨)。又据工人的经验谈，按照现在通用的土法提取明矾，每矿石四百斤，约可得明矾一百斤，即使以八与一之比计算，亦可提取明矾约二百五十余兆吨(255234375 吨)。按市价每吨五十元计，共值一千余兆元。该矿开采，传说已有三四百年，现在假定以四百年而论，每年一万吨，所已经采取者还不过四百万吨而已。它的储量，还是很丰富，这是毫无疑问的。

成本调查

为了要知道明矾的成本，所以这次到矾山去，我曾预备好许多问题去向工人们探问,他们的回答说是要估计明矾的成本,最简单的一个办法,是从原料和杂用两项上来推测:原料有柴木及矿石两种,柴木的价格,大木约每百五十斤值银一元,柴草约二百五十斤值银一元,每窑每日所需柴料约三十元,石料每日约需二万五千斤,每百斤以一角五分计算,共约三十七元左右。杂费中以运费为最大,每包一百斤自矾窑运至鳌江约需运费六角,其他如出秤,装工,驳力,装袋,绳包等,每包约需银一角,合计杂费约需七角。总计以上两项费用,木料矿石约共七十元,每日以四十元包计,需运杂费二十八元,每日工食费用约十五元,各种费用合计共约一百元,所以每包成本(一百斤)约在二元五角左右,但无论如何,每包纯利五角是必定能够获得的。譬如平阳的黄××、福鼎的李××两位著名的富户,都是从矾业经营上得来的。

失败原因

矾业的获利很大,这是事实,但近年来矾业的一天天归于失败,这也是事实。我们研究它失败的原因。第一,是因为从前没有确定矿权。民国初年,因矾价高涨,于是一般商贾见有利可图,大家就争起开窑烧炼,滥出产品,结果不但工料两缺,成本增高,而且因为货物供过于求,卖价低落,以致日渐亏折,相继停烧,形成目前一蹶不振的局面。如果矿权一经确定,则窑数当有相当限制,出口亦不致毫无调节,这种滥制滥销的弊病,自然没有了。听说全省建设厅去年春间已在该山设定矿权,此后必多改善法则,那是在意料中的。第二,矾窑制造的不合科学原则,致不能尽量利用火力,提炼矾质的不能完全彻底,坐使货弃于地,副产品的不能利用。缺乏科学方法的管理也是造成失败的重要原因,都有待于急切的改进。

工人组织

现在矾山采矿工人的数目约有三百多,烧矾工人的数目约四百人,其余机工和运柴工人合计在三百以上,所以概括地说一句,每天总有一千多工人在矿洞里,在矾窑中工作着。在三年前,全山矾窑的数目是十八座,工人数目在两千左右,可是现在只余着十座了。窑主用作停烧的理由是从事修理和运销困难,这从表面上听去似乎是很对的,但另一个商人告诉我却并不尽然,他们的目的是在减少窑数,使供过于求,借此压低石价与柴价,求得成本的减轻。同时因为产品减少,市场上求多于供,乘机提高价格,这在商人讲,未始不是获利的好方法,然而大批工人的失业,总是一个极可注意的问题。工人们在民国十六年以前是没有什么组织的,民国十九年起才陆续开始有矿工、厂工、挑工等工会的组织。最近厂矿两方工人,因为要谋取本身福利的增进,都已呈准当局组织产销合作社,挑工方面亦已在发动组织,要是指导得宜,这的确是能使达到工人们生活幸福的一个很好的机构。

一点意见

经营矾业，除去需要二三千元作为建窑的费用以外，要是每窑再能够筹措流动金五六千元那就很够应付了，总之，每条窑如果有一万块钱的资金，就绝对不会再有什么问题，即以开办二十窑计算也只是二十万元。而此后的收入，每窑以每天出明矾四十包，每包以获利五角计，每天就可得纯利四百元。虽然明矾从出窑到运赴市场出卖为止，需要一段相当的时间，可是这段过程中间利息的支付终究是有限的。我们很怀疑许多年来政府当局对这样一个偌大的资源，何以竟不加以注意！总理在手订的建国大纲上曾写有“……矿产水力之利，皆为地方政府之所有，而用以经营地方人民之事业，及育幼，养老，济贫，救灾，医病与夫种种公共之需”。又说：“各县之天然富源与大规模之工商事业，本县之资力不能发展与兴办，而须外资乃能经营者，当由中央政府为之协助，而所获之纯利，中央与地方政府各占其半。”本省建设厅目前在这个矿区既已设有矿权，我们很希望能够赶快设法单独从事省营，或者沿用官督商办的方法来帮助地方企业的开展，这在本省经济基础的奠定上，当然会有不少帮助，同时对于建国程序上的贡献却也不小。若是采用省营方式的话，我想不妨利用合作社作为基层组织，因为唯有这样才能够使机构灵活，指挥便利。其上可设采矿，运输，制炼，营业，合作各组实施统制计划，负责各司其事，再上则由管理处总其成。管理处下又可分设总务业务两股，总务主掌文书会计事项，业务主掌各组事务之监督与管理事项，采矿制炼而组，更应聘设技士以从事矾业的研究和改进。

每年所获得的盈利，亦可依据合作社的分配方式：以百分之二十提作公积金，不得动用，预备弥补业务上的损失；百分之十作公益金，用为工人补习教育，工人子弟学校，医药设备，娱乐场所等的开支费用；其余百分之七十除支付职员酬劳金外，一概归于省库。则工人的生活固可借此改善，国家的收入亦得由此增加，这是我个人一点浅陋的意见。我想：我敌两方，在大规模展开资源战争，用经济力来全力搏斗的今天，我们要是能够致力于矿藏的开发，使民族经济建设增添一支劲军，对于最后胜利的争取，我们是有这种自信，而且是有这种把握的。

（原载《东南日报》民国二十九年一月二十六日、二十八日、二十九日）

新都来雁

向东南，我的怀念是深沉的。

几次在不平伏的山坡上，我眺望着那一带流向远天的迷离的江水，遥想飞絮扑衣的江南岸，渐渐我的眼睛模糊了，揣起一颗载满离愁的沉重的心，我是如是地难忘情于遥远的家山，以及一些故园的花草，风尘苍老了手脸而不容易苍老我的记忆呢！

还是在四个月前，我从匆忙的旅途上送走了寒冷的残冬，接着又在零乱的杜鹃声里过完了褴褛的春天。说褴褛并不是过分的，因为九十天来我总是恍惚的度着日子，无多欢愉，更无多喜笑，捉摸不到些微春天的气息，只是寂寞地吞咽着客旅的悲凉，非常艰难地推送过这一段繁华的季节。如今是榴火照眼红的时候了，五月烘暖的晴空，更叫人引来一种迷惘的心情，于是在极难排遣的黄昏，我不期然会想起多少旧日的友人来：那良善的心肠，那温存的笑颊，他们对我支付了意外的慷慨与热情，他们给了我大量的温暖和鼓励，总之，一个孤零人所需要的，他们是都毫不吝惜地给予我了。

我不忘却他们，犹如不能够忘记自己的影子，对着天边的一发青山，我曾千万次替他们说出祝福的语句。

三月来，我是被安顿在一座离重庆市不远的小山上，从寝室的窗子里可以望见嘉陵江上缓缓移过的风帆，有时候是雨天，江面上滚动着茫茫的烟雾，烟雾里透出舟子们隐约的招呼，这景致真是难以描述的，所以对于这个田园风味的都市，我不能说对它并没有一点留恋。

夜来灯火点缀了山城，暗蓝的天空上星光也变得黯淡了，一片缭乱的闪烁，久久甚至会要你分不清是灯火或星光。山城之夜确实是太美丽了，好多次我曾经抛弃睡眠，独自靠着窗子凝视着黑暗，凝视着镶嵌在黑暗里的灯火。

留在陌生的土地上，人是常会变得更忧郁的，我记起一些辽远的梦，也招来一拨无端的哀愁，明知道这性格对我是一种损失，然而我怎样也摆脱不掉烦愁的羁绊，我将会在情感的煎熬中痛苦地度过一生了！

有人曾说过我是感情的俘虏，我想这批评是正确的。

在西南使我最感到高兴的是：每天我都能看见自己的机群连番地向天空划过，那低沉的引擎的怒吼声，却像郁结的闷雷，它是如何地震撼着敌人的心魂，却又如何带给我们难言的兴奋。

不久，我也许重新有一番辛苦的跋涉了！但疲倦是压不倒我的，想走更远的路，是我早有的愿望，我渴慕自由，渴慕辽阔的天地，滑缰的野马是我欢喜的称呼，我要在中国的疆土上，到处印下我的足迹，让粗暴的风沙吹黑了脸孔。

我太软弱！我要用艰险的旅程来磨炼自己，用澎湃的黄河水来洗涤我怯弱的手脸，要说我有奢望，这一份就算是我最大的奢望。

向广漠的天野，向战斗的呼声，我决定要添进一只扑向暴敌的手臂，或者一个惯会呼喊的喉咙，这不是空泛的约言，我要用行动来保证它，实践它。

最后我还得说：浙江我是要回来的，我忘不了那个生长起来的地方，即使是为了一个活跃在我心上的人，我也是要回来的。

好心的友人！我的身心永向你们，尽可能希望告诉我一些愉快的消息，我衷心地感谢你们，向东南，我举起了敬礼的手！

编者按：此稿搁置多日，斯琴君顷已返浙矣。志此以告斯琴君之友人。

（原载《东南日报》民国二十九年六月二十八日）

浙西观感

一

曾经被人问起过:这次走完了浙西的感想,当时作为我简单的回答,只是这么两句短短的话语:“一切在进步中！一切在斗争中!”我说这话是并没有一点苟且的。所谓进步,单从这片山地上战后惊人的繁荣,就可以看得出来。至于斗争呢？在政治上,有了攻势政治的号召,在经济上有封锁处及经济游击队的产生,另外在思想方面,我们更针对着敌伪的无耻阴谋,展开了尖锐的搏斗,所以综括地说来:总之是好的多于坏的,光亮的多于阴暗。然而这简单的批评,究竟是太笼统也太不够的,因之,在今天,当我从西风落日中,踏着於潜城的零乱的瓦砾走回来后,很觉得有些感奋,于是还有几点意思想说,算是我前次说话的补充:一是浙西民众情绪的表现,二是各方面所留给我的印象,三是附带的想说明我个人的一些意见。

先就第一点说：我觉得这里的民众是彪悍的，然而也是善良的。这话并不矛盾，彪悍是指他们的性格，善良则是指他们意识的表现，比如长兴民众的好几次围击困居在县城里的敌寇和安吉的三度沦陷，始终没有维持会之类的组织出现，这些都足以说明他们有彪悍的性格与善良意识的特质，所以要说军队是鱼，民众是水，那么我愿意歌颂这里的民众实在是一片很好的水，因为他们在政治上的觉醒是那么高，他们一方面以各种各样的方式尽量地给敌伪无情的打击，另一面对于自己人又是那样宽恕，有几次我们的军政人员，偶然也有苛待他们的地方，可是他们总是忍耐下去了。每个民众似乎都有一个共同的主张，就是“原谅了自己人总是好的”。多少人在敌弹的射程中，仍是毫无畏惧地辛勤地耕种着土地，帮助着战时生产的进行，又多少人在忙碌着军火的运送与伤病将士的搬输。他们从不曾吐露过一句怨言，对于抗战，各个人是都抱有牺牲的热忱的。这次在於潜被炸后的第三天，我曾亲眼看见一个遭难的小商人还笑嘻嘻地对人说：“这算什么，完了就再来过。”我以为这种精神是可歌可泣的，我们五千年来伟大的中华魂也就在这里。固然敌人恶毒的魔手带给他们的血的教训是使他们坚强起来的最大的主因，但这种只有奋斗不知妥协的精神，诚然也是我们古老的土地影响了他们的。我们有的是这样的民众，于是我们深信胜利的纪念碑的建立，一定是不远的事情。

二

政治赶不上军事,全国如此,浙西也不能例外。原因不是领导机关的努力不够,而是有些地方行政干部的欠健全,欠有慷慨赴难的精神。这里我们得特别提出,行署主任贺扬灵在这次敌寇流窜战役中始终没有离开天目山一步,坐镇指挥的这一件事实,来证明浙西政治领导人物的如何在苦心为国,力求向上。然而也可以用於潜县县长在城区被炸的那一天,还安闲地在塔岑观火,事后又不赶快清理灾区,以致尸臭弥漫,十日后还使人有如过坟场之感的这些事实,来指明若干地方行政干部欠健全。也许有人会说:这仅是看见了一部分,局部是不足以概括全体的。但政治上部分的错误,关系于国计民生,确实是太大了,我们不能够让光明圈里的小黑点永远存在。这正是浙西整个政治表现上一个极细小的黑点,我们是必得剔除它的,否则,长此以往,难免有不堪设想的结果。自然,如分水县政府与地方感情的融洽,余杭县工作同志的不顾生死,出没于敌后的那种优异的政治典型,我们亦不能一概抹杀,应有加以表扬的必要。但地方官吏,平时取之于民,仰之于民,做好官到底还是应该的。至于一般公务员的能爬山路,穿草鞋的耐劳吃苦的精神,也是浙西政治上的一种特殊作风,今后不但要保留它,而且要使其加以发扬光大,使之渐渐影响于全省,甚至于全国。

在浙西的经济方面,很多人以为受了杭、嘉、湖沦陷的影响,物资上将会有着莫大的损耗的。但事实却正相反,我们自从有了经济封锁处的成立,不仅地方财政并没有感到缺乏,甚而有许多县份的预算,逐年还是有着增加的,这种现象也足为我抗战必获胜利的一种保证。不过封锁处有似税收机构,它和过去的厘卡一样,亦是最容易发现黑暗的一个角落,所以除了予以工作上的严紧督促外,在人的方面还常加以更多的注意。

最使我满意的应该说是浙西的文化事业,无论在前线在敌后,每天都有我们的报纸的发行。虽然在极艰苦的环境中,许多从事文化工作的同志们,都还是坚守着自己的岗位,在日夜地工作着,替正在进行中的抗战播种下胜利的种子,这是抗战史籍上珍贵的一页,我们希望有关当局要竭力扶植它,使它更开辟起灿烂的前途。在於潜出版的浙西和民族两张小型报纸,很可以代表了浙西文化的结晶,它们除去积极地报道抗战的消息以外,还积极地加强了人民的抗战意志,我们握着必胜的信念,可以说多半是建筑在对我们文化的成果之认识与情感上。因此个人涉笔至此,对此刻继续在苦干中的浙西文化工作同志们,是深致其无限的敬意,同时对正在发展滋长中的浙西文化事业,尤其抱无限的希望。

三

最后,我想提供一些个人的意见,作为本文的结论。第一,我认为战区的环境特殊,各方面都是与敌伪在作着剧烈的斗争,"真实的政治在民众的口里",要知道民众并不愚蠢,在三民主义启导下的民众更不是"不可使知之"的民众,所以战区的政治建设,应该是廉洁的与责任的政治,我们不知道地方长官除了为民服务外还有什么。中国近百年来因为经过长时期的混乱，影响了政治道德的沦丧，但过去是过去的了，为了建国，我们应该把一切丑恶的面相揩抹得干干净净，从速建立起新的政治道德。这一个政治道德的内容，应该是“忠诚”两个字。旧日的官吏，对“忠”这一个字似乎是非常注意过的，所以不说建立，说恢复也可以，忠于国，忠于民，“民饥己饥”“民溺己溺”，从前有“爱民如子”的说法。时代尽管推移，我想只要有一天政治制度的存在，这句话是一天可以存在的。在战区我们真要能够掌握住自己的民众，只有一条路，那就是建设廉洁的与责任的政治。责任的政治，当然也就是由“忠诚”的内容所表现出来的一种政治形态。提起廉洁，我又想到一般公务员的兼营商业这桩事情来，只注意到个人的经济本位，而间接破坏了民生主义的实行，这风气的养成总归是要不得的。

第二，在战区毋庸讳言的我们还有着很多可痛心的现象，一些不肖军人的越轨行动，尤其使人感到无法对付。因此，为了军队风纪的整饬，我们希望在战地有军政督导处一类的组织，内部人员应直接由“中央”选派，而且要予以处置事件的最大权力。这样，在战区各地一定可以减少许多不应有的纠纷，而另外一些无谓的争执，也绝对能够从此平息的。

第三，是稳定物价与加强经济封锁。物价稳定与人民生活的安定以及各种事业的顺利进行，其重要性是可以不必再多所申述的。战区不同于后方，因为情形的有时早晚相异，所以物价常有暴涨暴落的现象，当然部分的原因还是由于少数商人的操纵。我以为安定民生是当前的急务，于是稳定的物价也是刻不容缓的事情，它的方法最有效的当然是力行简约，取缔浪费，此外明定罚则，防止囤积居奇，严禁投机暴利也是必须实行的。还有：三年四个多月来的抗战，使敌国侵华经费预算已达一百六十四亿五千四百余万元，这个数目，比较甲午中日之役所消耗战费二亿零一百二十六万七千元，超过八十一倍多，比较日俄之战所消耗战费十七亿三千零五万四千元超过几近十倍。敌国有它先天上的弱点，它是无论如何支持不住在长期战争中巨大的消耗的，所以我们要打破它“以战养战”的梦想，加强对敌的经济封锁，以促成它的早日崩溃。敌人崩溃的日子，当然也就是我们获得胜利的日子。

第四，我提出统一群众信仰的口号。大家知道立国在现代竞争剧烈的世界上，如果要图国家民族的生存，或者要挣脱被压迫被侵略的桎梏，达到自由平等的地位，最重要最基本的条件，就是国民必须要有坚决的统一的信仰，全国一心然后才能够奋斗图存。在战区我们常常听到有所谓“思想问题”的发生，这真是太危险的。中国今日正为民族的生死存亡而艰苦抗战，其必须有坚强统一的信仰是毫无疑义的，此后大家应该诚心诚意地根据国家民族客观的需要，努力以三民主义真正统一群众的信仰，生发出真正统一的力量。

中国抗战现在已到了最紧张的一刻，它的成功将会大大地影响世界的前途，所以我们要指出抗战中所暴露的弱点，以求克服，所具有的优点，加以光大。浙西是全国各战场的缩影，是全面抗战中的一环，希望它所有的弱点，此后能够尽除，所有的优点，此后能够永远保持，以打倒野蛮的日本帝国主义，迎接胜利的曙光，我这样的期望着，我们这样的期望着。

（十一月二十六日于於潜）

（原载《浙西日报》民国二十九年十一月二十七日、二十八日）

生活在地下的人们

——记破坏了的长兴煤矿

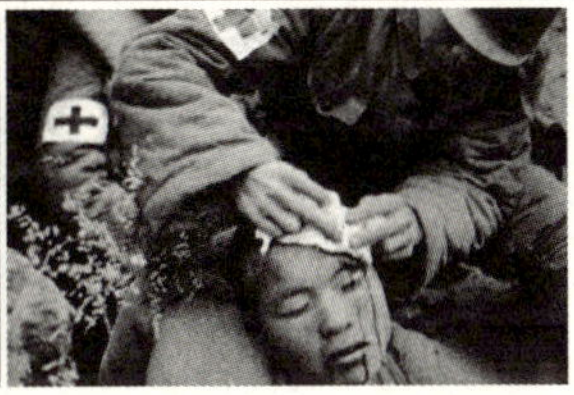

停止了转动的马达

去年到长兴来的时候，正是雨雪的冬天，所以对于曾经被称为“浙江一大富藏”的长兴煤矿，就没有能够得着去参观一次的机会，这回趁着初春的晴朗，我去了。我是怀着极兴奋的心情去的，路上一面忆味着巴金写的《朝阳》那个集子上告诉我的，关于这个矿区里的一些动人的故事，一面想象着煤矿破坏后的黯淡情形，我觉得我是在走向一个极有意义的地方，这地方以前曾是供给了东南各省热与力的源泉，而现在却完全破坏了。我静静地走着，沿着掘毁了的轨路，一直到大煤山下，看见了高耸在天底下的烟囱，才知道自己是已经走入矿区了。然而二月的阳光照在山上，整个矿区就像平静地睡着，没有一些机器嘈杂的声音，也听不到一些工人们喧嚣的吆喝,到处被一种难堪的寂寞笼罩着,那寂寞的程度,简直就使人不敢相信这里曾是浙江著名的工业区,只是狭小的工房还零落地排立在山坡上,也有些年老的工人们在门前寂寞地享受着太阳,偶或远远也有一两声山鸟的啼唤,叫破了平静的空气,但过后又攒下来一片更大的沉寂。我们听着脚下煤屑路沙沙的声响,各人的心坎上不期然都笼上了一层悲哀的暗影,谈话的声音就渐渐地低下了。最后在一座被炸毁的电力厂里,我们就停留下来,同时去参观了从前的机器间。因为风雨的剥蚀,机件全部已染满着斑斑的锈迹,在一架停止了转动的马达前面,同去的友人告诉我,这是煤矿停业以后一架发电极为有限的,可是现在已经像一位残疾的战士,绝非昔日的英雄了。听完他的说话,我十分痛惜着民族工业的破坏,但当一想起没有彻底的破坏,也就没有更好的建设的说法,心境就觉得开朗起来。战争是一把火,它会无情地烧毁了一切,可是也就是火,才使人类开始生活在光明里的。

一块敌人嘴边的肉

敌人入侵以后,在尽力榨取的情况下,它是早想掠夺这个煤矿开采权的。它曾到过这里两次,一次是民国二十六年的十一月,一次则是民国二十七年的三月,而且敌酋杉木,并曾亲自来察看过,然而当时因为附近游击队的活跃,他就不敢有长时期的逗留,这块放在嘴边的肥肉,因之也始终没有到口的机会。敌人的要想占据煤矿山,不仅在经济上它是企图掠夺我们的资源,以达到它“以战养战”的目的,而且想再从此伸展它的前卫据点,一直至泗安,北达丁山,而遂其控制苏南与浙北的阴谋,但它的幻想是终究不可能实现,更其是无法实现的。在民国二十九年三月十八日,我们当局就会同该矿的矿主,痛下决心,把分布在煤山周围的大煤山、四亩墩、广兴这三处矿窑同时爆破了。四亩墩是产煤最多的一处,而广兴却是煤质最好的,所产的煤俗名广块:平常三处合计,每天可产煤七百吨。一万多工人,每天就在这里畅快地流着他们的汗水,不分昼夜地在近四千公尺的地底下挖掘着给人间带来光明的原料。现在,井口掩塞了,工人疏散了,而且公司方面还组织了长兴煤矿善后办事处,来专门管理工人救济的工作,不致使他们流离失所,或者流入盗匪的路途,另外还由浙西行署负责成立长矿器材搬运站,将矿区中所有的钢铁运往后方。于是敌人非但没有能够把我们的宝藏抢走,甚至连一些爆破后的废钢烂铁也没有能够落到他们的手里,他们所有的懊丧的程度,当然是可想而知的。不过因为爆破得太匆促,事先并没有怎样详细的计划,所以仍是不能避免许多不必要的损失,这使我们在今天想来还是觉得可惜的。

从兴盛到衰落

在到公司去的途中,一位曾经在煤矿里服务了多年的职员对我说明煤矿整个的命运。他说:长兴煤矿的开采时间并不很久,它是在民国三年开始的,那时候规模并不大,所产煤量也不多,所以矿主们也只是非常大意的经营着,不怎样去注意到它。民国十三年由于齐卢战争的影响,曾一度停办,那完全是私人经营性质的。民国十七年起由建设委员会主持开采，从这时候起，公司的业务就扩大了，产煤也渐渐增多，每天总在五百吨以上。为了运煤的便利，从长兴附近的五里桥系水埠，到煤山就铺设轻便铁道，计长六十华里，出产的煤从五里桥输出，运往苏沪各地，杭嘉湖等处虽也有一部分销路，但不很大。民国二十二年后交由银行团承办，情形亦好，每天产量已渐增为七百吨左右，直至民国二十六年银行团因订约期满，再交回建设委员会整理；可是又因为抗战的开始，交通阻梗没法再振作起来。这年冬天长兴就沦陷了，以后就停止挖掘，职工的生活由矿主刘子谷设法维持，到奉令破坏以后，职工们才正式解散，从此煤矿的心脏算整个地停止搏动了。去年冬天一些留山工人因为生活的不容易应付，又自动进行土法开采，预计今年二月底可以出煤，但这全是人工的挖掘，出煤是很有限的。总之，从民国十七年到二十六年可以说是煤矿的黄金时期，可惜时间不久，就遭彻底的毁坏了！不然它的前途真是无可限量的。他又说：工人的种类很多，如“加料”“打风”“运煤”“掘煤”“机工”“电工”等，他们每天的收入，最多的约在两元以上，然而由于他们对自己的生命没有把握，这一种心理引来的错误观念，因此在工作以外一些多余的时间，几乎是全都浪费在嫖赌这两件事情上去。有的因为被生活逼迫得急了，就不得不铤而走险。从前有一句流传在煤山上的说话，就是“好是煤山，不好是梁山”。从这句话里，这里的情形，不必要聪明人，就可以明白地想象出来了。

提供一些意见

走完了大煤山和四亩墩，我们又去广兴参观土法开采，沿路都有成群的孩子们在煤屑堆边蹲拾着碎煤，这些孩子是被称作“煤黑子”的。据说在战前，他们的出息也不坏，从早到晚一两块钱的获得，是绝无问题的。广兴离四亩墩五里，现在已铺设小铁轨，预备将来用推车把煤块装运到大煤山那边来。开掘的井口已有两处，一个是倾斜式的，工人们自己称为“爬笼”，一个则是方形垂直式的井口，可是用木桶代替了“罐笼”，工人们下窑就把身子站进木桶里，由井口边的工人用自制土式的绞车把他垂下去。目前这两处都已开掘到四十公尺的深度，可惜方法太简单，它的效率不大，要是运输便利销路畅通，所产的煤一定是会供不应求的。看着工人们辛苦工作的情形，觉得他们在敌人的炮弹的射程下，还是那样没有忘却本位的努力，心里真有说不出的感动。所以对于今后的长矿处置问题，个人很想提供出一些简陋的意见：第一，我以为此刻虽然可以用土法开采，来暂时供应市上的需要，但一等东战场上有几次较大的胜利以后，交通一有联系，无疑的单靠土法开采是不够供应的，绝对需要恢复以前的规模，于是这里连带引起的就是资金问题。我以为往时的私人经营与银行团承办都不是办法，由建设委员会主持虽然较好，但投资的方式与管理的方法上都不够具体，浙江的平阳矾矿现在已成立矾矿管理处负责主持，长兴煤矿也不妨仿效那边的组织，由中央大规模投资成立长矿管理处，直接交归国营。据约计该处的产煤量，如依照每天七百吨的说法，至少尚可开掘三十年,为了扶植企业的开展,这似乎也是应该做的。第二,目前的土法开采,在经济方面差不多全由刘子谷个人周转接济,力量当然是太小了。为吸引更多的工人来参加工作,不使他们走向敌区起见,浙西行署多少应该予以援助。这项请求可以说有两重意义:一是争取劳力增加生产,一是有了政府的参加,在运输上固然可以得到不少的便利,而且在当地人民的观念上,亦可获得很好的反映,使他们知道政府是没有忘记他们,更知道政府是没有一刻不在替他们改善生活的这一点上着想的。

(原载《前线日报》民国三十年三月十日)

我写长兴

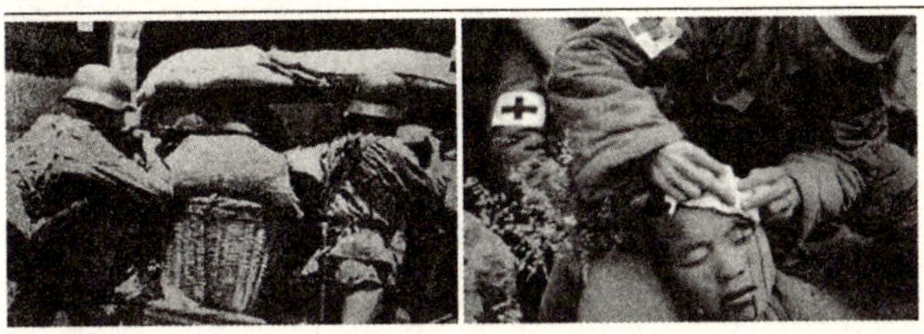

来长兴才只二十多天，要我替这地方写出一个明确的轮廓，事实上是比较困难的。不过对于这个整天被包围在炮火里的山乡小县，今天也许正有不少人在关怀它，我应该写，我还是写了，想说的话有二点：一是叙述民众的表现，再说得确实些，就是关于政治的；一是属于地方经济的，另外附带的一点，则是关于民情风俗方面想说出我的一点感想。

现在先说第一点，有几件始终不能够使我忘怀的事情：

长兴城沦陷后的几个月，这里的民众曾自动去攻击过一次城里的敌人，虽然结果终因为武器不好过于低劣，满怀忠愤的民众还是向后退了，但敌人却也因此恐慌了好几天，一直躲在城里不敢出来。这举动不仅说明了这一带山地的民众彪悍的性格，而且一个中华民族倔强的灵魂也不难从这里看得出来。以前浙江省抗敌自卫团的“长兴营”，在钱江南岸的几次战斗中，曾建立过不少功勋，这许多热血沸腾的长兴青年，他们有过人的骁勇，至今提起“长兴营”三个字来，还叫敌人胆寒。再有一件是最近的合溪战役中，民众们除了帮助军队做着引导、运输等工作外，更是兴奋地推举乡长代表亲自上火线去慰劳受伤的战士，带去的慰劳品，就像山一样的堆积着，情形就如“八一三”战事初起时，几乎全都沉陷在疯狂的状态里，和那些爱国狂的上海民众差不多，他们甚至忘记了睡眠和饮食。我还听见一个老妇人因为家里住满了敌人，而偷偷越过敌人的防线，来引导国军去焚毁了自己心血经营的房舍而无所痛惜的事情。也有一个曾在县府里当过小职员的某君被敌俘获时，高喊“中华民族万岁”，然后投水死了。这些活生生的有血有肉的事实，真使我感动，我觉得长兴民众的动员工作做得好，有秩序，有计划，而且也有美满的成果。固然我们应该夸赞的，是当地民众们自动激发的爱国心，但党政负责方面领导的得当，似乎也是不容抹杀的。

可是一件东西，有了它的光明面，就也难免会有它的阴暗面的，长兴民众给予我的印象也没有两样，好的部分，我已经说过了，而坏的部分我也不能够掩饰，其实也是无从掩饰的，那就是赌风太盛与盗匪猖獗。走到长兴乡下，差不多到处可以听见打牌的声音，响亮的牌声，简直就不会使一个陌生的旅客，相信这还是一处有政府管辖的地方。这时候，不禁会使我想起“前方作战，后方竹战”这一句话来。在平时，赌博还是在严禁之列的，何况在紧张的战时？长此以往，绝不能够说是一个好现象，不须说明，赌博是只有叫人消磨志气，而绝不能叫人添加勇气的，别的还不去说它。

至于盗匪猖獗，我们推究它的原因，当然地处前线散兵游勇的容易发现，是一个重要因素，可是我前面说过的民情彪悍，却也是的。目前泗安人，曾自动进行过土法开采，最近听说因为经费种种关系又要停止了。假如这传说果然成为事实，工人们是只有更濒于绝壑，我们不能坐视不救，更不能让地方上的灾祸日益增大,我们纵不希望煤矿能够大规模的复工,总也盼望给工人们有个合理的处置,倒不是过虑,而是为了安定地方秩序,如此做法,大致是对的。

目前泗安与长兴煤矿之间的这座狮虎岗,大有《水浒传》中的景阳冈之概了,来往于这条路上的人,没有一个敢独自行走的。从长兴整个的政治表现来看,自然这是不足为疵的,但我们不应由于细小而加以忽略;因为"星星之火,可以燎原",如果竟是置之不理,那么,它的结果岂仅是危险而已,所以我想负责当局的应该重视这两个问题,克服弱点,即使这弱点,原来就是够小的。

长兴物产丰富,所以它有很好的地方经济基础,尤其是米粮,在战前非但是自足有余,而且还有供应浙西各地的力量的。长兴的粮食不成问题,然而现在竟也有成为问题的趋势,此后,应当怎样补救不致会有恐慌的现象,这是我要说的第二点。

据汪浩的统计,长兴年产食米一百二十万担,而它的邻县广德也是一个以产米著名的县份,照理在粮食方面,是绝对不应该和其他地方同样会有感到缺乏的情形的,如果有,那真是笑话。可是长兴的米价,是跟近日寒暑表上的水银柱一样在逐日高涨了,这是一个事实。推测原因,过境部队的众多与奸商大户的有意囤积,自然是主要的理由,所以要平抑长兴的米价并不难,只要实行严格的管理。所谓严格的管理,我认为至少要做到下列具体的两项:第一在收割和收获以后,应当举行一次认真的粮食登记与检查,然后再实施有效的封锁。第二,与长官部取得联络,命令部队购米,须有正式证件,并不得向民众私买,以破坏整个统制制度。前者可以防止偷漏或囤积,而后者,则可以不因部队的过境而仍能进行严格的统制。要是切切实实地能够做到这两件工作，长兴的粮食一定是可保无虑的。这一点浅陋的意见，写出来真是聊供参考，也许不对，说不定会使有经验的，从事粮管工作人员的笑话，那也只有由它了。

其次，我还不得不说的是，长兴煤矿破坏后的善后问题。长矿是浙江有数的矿藏，据说，在未被破坏以前，每天约可产煤七百吨，每年总计，价值在七百六十万元以上，这是一个不小的数目。去年春天因恐被敌人攫夺，就忍心把它破坏了。公司里的马达停止转动以后，职员们的生活，是比较不成问题的，只是那些流一天汗吃一天饭的工人们，对于眼前的生活，却就感到严重了，而他们几乎全是来自远方无家可归的人。浙西行署方面当时虽也曾成立长兴煤矿善后办事处，但它还是替职员着想的。于是这批惯常生活在地底下的人们，就不得不为饥寒与贫困更其紧紧地追逐着了。好一些的就只得在矸子堆里挖掘着碎煤度日，有些不安分的，却索性流入盗匪之途了。

（原载《浙西日报》民国三十年三月十五日，十六日）

苏州三日记

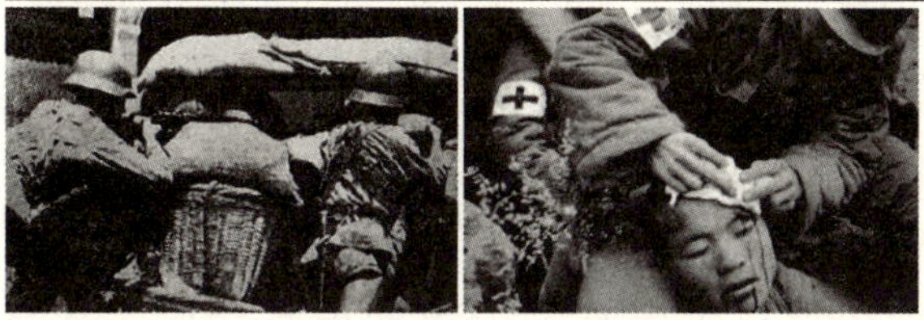

荒淫无耻

“专治梅毒五淋，不灵包退还洋”，“××花柳专家到苏开诊”。当我跨出京沪特快，走进标着“吴江驿”三字的月台上的时候，这许多印有鲜艳颜色的广告，纷纷映进我的眼里来。战前这里一直是酒腻花香的城市，而现在却又是充满了荒淫与罪恶的地方。跟着卖春妇的增多，梅毒是在暗中开始剧烈蔓延着，真的，我这枝拙劣的笔，不知怎样来描述污浊的地方才好呢。

大量死亡

挤在纷杂的旅客中间，我照样在出口处受了两个敌方宪兵的检查，他们流露着凶焰的眼珠在不停地打量着每个旅客。月台的东边有个矮胖的敌兵在殴打着一位褴褛的苦力，血流满在苦力的脸上，而敌兵还是在粗暴地咆哮着，用皮鞋脚狂乱地踢在他的身上，究竟为着什么？在周围广大的人群中，竟没有人愿意去问一声，似乎在这里，公理是永远不会存在的，"人类的同情心"也不过是一个好听的名词而已。急忙离开车站，我立刻跳上进城的马车，车夫老了，他懒懒地挥动着马鞭，一路上不胜感慨似的对我诉说着生活的困苦。他说：苏州现在是再不像从前一样的能够过活了！飞涨的米价，使穷人成批成批地大量死亡。我一面有意无意地回答着他，一面探望着路边的景色。初夏的阳光，照在平静的马路上，有几辆黄包车从身边拖过，上面坐着几个涂红了嘴唇的女人，那种妖艳的风骚的模样，在后方是难得看到的。

在城门边又经过一次伪警的搜索，然后我算是进城了，但进城后第一个困难的问题是找不到旅馆。不是旅馆没有，也不是因为到处客满，而是苏州有一种规矩：住旅馆是必须要铺保的，据说是为了避免"捣乱分子"，从这一件事情上，就可以知道敌伪方面是怎样的恐惶不安了。幸亏在一家小饭馆里，我花去一笔较大数目的钱，那老板答应给我做铺保，然后才得在××旅社耽搁下来，看时间正好五点，街灯已陆续地亮起来了。

街头一瞥

夜饭后，我去逛观前街，大街上虽然拥挤着各式各样的人流，但各自的脚步都显得非常慌张，像在逃避着什么祸害一样。东吴大戏院和开明大戏院的锣鼓，常是一阵阵响亮的传到马路上来，可是一点也引不起行人的注意。伪和平军第三师的士兵，他们褴褛不整的衣服掩映在灯光下，仿佛一群颓丧的乞丐。妓女们在街头做着媚眼，南京大饭店以及新闾旅社门口更是她们集会的场所，脂香粉气借着夜风的传送，在强烈地引诱着行路人。

杀人陷阱

所谓苏州最出色的商店“百货商场”，这时在临街的楼窗上也闪亮着灯光，里面的女职员，不时发出淫荡的笑声(商场内全都雇用女职员)，到这里去购买货物，是必须使用敌方的“军用手钞”的，白天常有三三两两的敌兵在里面与女职员调笑，而实际上这些失却灵魂的女人，也就是变相的妓女，总之，肉、香、笑、媚，原是苏州独有的特色，它确实是一个色情的世界。

“大利世界”是著名的赌窟，里面附设有临时的当铺，赌客们如果把现款输完了，可以立刻卸下身上的衣饰来估价押当，准备再作孤注一掷，并且附设烟馆、鸦片、白面、红丸，什么都有，敌人这样狠毒地在残害我们的同胞！他替我们一批无知的同胞安排下无数杀人的陷阱，渐渐使他们走向贫穷与死亡。

晚上我睡在床上，还听到隔房的卖唱女唱完好几支下流的小曲，但她颤抖的声音就和哭泣没有两样，无限的个人身世之痛，都可以从带有哭音的调子里听出来。同时我还得特别提出来说的，这晚，电灯共熄灭三次，茶房告诉我是因为电线被游击队所剪断，这事情是常有的，他要我即使听到枪声，也不必惊慌。

第二天一早我又被一些闯进房里来卖白兰花的小女孩子们所惊醒了，她们何尝不是好人家的子女，只是铁蹄下高压的生活，迫使她们不得不来干着这些抛露色相的勾当！

奇怪传说

最近在苏州还流行着两个奇怪的传说：一个是谣传南京城里的敌兵快要全部撤退了，它的理由是一个居留在南京城里的敌酋，常常使用着一头恶毒的狼犬来咬毙我们的同胞，有一次一个黄包车夫不知怎样得罪了他，于是他就跳下车来呼唤着忠实的狗子，照例执行着咬的任务，这时一个过路的伪救国军营长，目击了这幕惨剧，忽然良心发现，就用手枪打死了这条恶狗，并且击伤了这个毫无人性的敌酋，事后伪军和敌军大起冲突，然而因为伪军事先已有准备，敌军竟被击毙了好几百，这样，敌伪两方在南京城里就常有接触，敌方终于为企图避免不幸事件的继续发生，就准备退出南京，把维持治安的责任全部交给伪军了。另外一个是说汪逆精卫已潜赴重庆，现在被我方扣留，因此许多小汉奸都深感惴惴自危。这两个传闻都很有趣，其实都是沦陷区民众苦闷心理表现的结果。

宣传失败

汪记的特务机关十六号，是在观前街的大成坊巷里，这条巷一般当地的民众，是没有人高兴随便进去的，除非那些被汪组织所雇用的流氓式的男女们。

汪逆的宣传机关在苏州规模最大的是“苏州新报社”，其次是“江南日报社”，这两张报纸每天都登载些同盟社或者是伪中央社捏造的消息，民众都不爱看它，关于它的销路，我曾问过一个报贩，他说城里的十个报贩，每天承派《苏州新报》数目是两百份，《江南日报》却更少了，总共还不过几百份，你想是如何可怜的一个数目！

窒息空气

在苏州我住了三天，一种窒息的空气，实在使我难受，跟着封锁太湖消息的传出，恐怕归路的一旦竟被切断，所以我又渡过太湖，脱离那个丑恶的城市了，回来后有人问起我对于苏州的概念，我的回答是“昔日为充满欢笑的天堂，今日是人间血腥的地狱”！

（原载《前线日报》民国三十年八月十九日）

纵横苏浙敌后

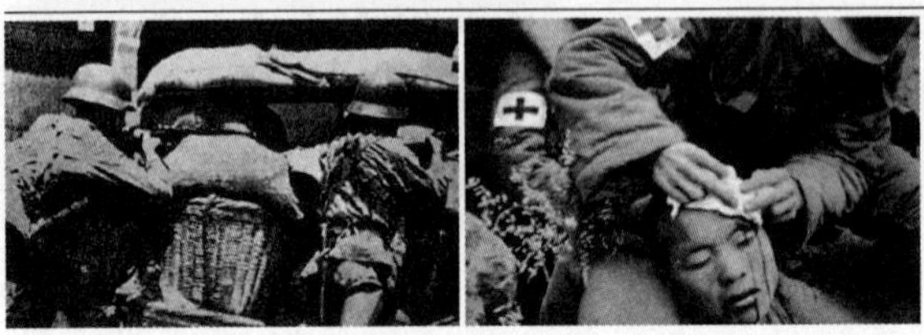

过去几个月间，曾设法到苏浙各沦陷区去走了一遭，看到许多丑恶事情，说起来简直使居在大后方的人不能相信，从这次冒险的旅行上，使我更多地懂得了自由人与奴隶的分界，也才痛切地感到生活在看不见祖国旗帜的地方所有的灾难和侮辱，有人把沦陷区比喻作罪恶的魔窟，很有些仿佛，不过把它称作黑暗的地狱，似乎更恰当些，因为这里像是永远不见光亮的一角，人们在极度的困穷和饥饿中过日子，而窒息的空气更使他们失却自由呼吸的可能，他们天天在渴望着阳光，谛听着胜利的消息，也就是这点希望，使他们在痛苦的遭遇中活了下来。

一、钱，钱，到处都要钱！

沦陷区里的民众，除掉必须忍受难堪的侮辱以外，还要煞受苛捐杂税剥削的痛苦，一些仰承敌人鼻息的汉奸无不乘机搜刮，供其个人骄奢淫乐，伪学校有免考费，伪政府有户籍费，也就是人口税的别名，居户必须按季缴纳，最高的数目，每人每季竟在五角以上。至于伪军及伪警的剥削方法，更是层出不穷，他们包庇运输，恣意敲诈，有时甚至拦路搜索，尤其普遍的是每逢检查旅客时的手续费，要是不肯暗自递送，必定会给你故意留难，然后加以扣留。所以在沦陷区里，如果没有钱，真是举步维艰，但钱带得多了，又随时有被人谋害丧失生命的危险，这是使旅客们所感到的最大困难，总之，沦陷区里是充满铜臭血腥的世界。一个在苏州的伪警说得好："在这样飞涨的生活程度下，单靠我们八块钱一月的薪饷怎么过活?"这是他们衷心的吐露，大小汉奸全是在这样竭尽心力的肆意搜括，安得不叫沦陷区里民众日益贫穷和死亡？为了要提供一些具体的证明，我们不妨来看一看伪杭州政府征收下苛捐杂税的种类：

(一)车牌费——每月一万二千元。

(二)店住屋捐——每月八千元(敌寇，伪军及伪公务员家属皆不缴纳)。

(三)绸业捐——每月四千八百元。

(四)土地财产捐——每月一千元。

(五)保甲费——每月二千元。

(六)卫生捐——每月七百元。

(七)屠宰查验捐——每月五百元。

(八)歌妓捐每月一千元。此外尚有旅客捐，路灯捐，广告捐，地价捐，沙田税，奢侈品捐及零碎杂捐，总计每月不下七万元，单就这十五种捐税的数目，我们就可以知道杭州市的顺民是怎样苦恼地在重重的苛捐下过着悲惨的日子。

二、一幅凄惨的画图——集团抢粮

整个的沦陷区都袭击着饥饿的浪潮，这不是一句毫无根据的或者是故意含有宣传作用的话。今天在杭州出演的“集团抢粮”，就充分地证明了这点。在杭州的马路上，每天都可以看见成群结队的饥民追逐着搬运粮食的汽车，他们手里都拿着畚箕、扫帚、小洋刀之类，有时还搬来许多石块阻挡着车辆的前进，一等车子停驶或是速度稍慢的时候，就都纷纷跃上车去，用小刀把袋子割裂开一些小洞，让米或麦粉从洞口里漏出来，大家于是又很快地扫进自己早预备好的畚箕里去。据说，这是被伪市政府所默认许可的，所以这种有组织有步骤的抢劫行动，竟至愈演愈烈，然而车夫和饥民的殴斗，却亦日必数起，并且时常酿成命案。江苏乡下的“吃大户”情形也很相似，只是演出的方式略有不同，那是饥民同本乡的殷户乞讨积储的余粮，有时还推派代表进行磋商，手续做得非常周到，要是对方不肯允许，最后饥民们就闯进去，自动抢掠，自然，殷户们和饥民，也常展开剧烈的恶斗，流血的惨剧是没有一天不在出演着。今天的沦陷区里正多着一幅幅血染的画面，这不过是其中的一幅而已。

三、所谓“两头船”

每个已经沦陷的城镇，几乎都有“维持会”的组织，现在在几个较大的城市里，虽然已袭用着伪“市政府”或者是伪

“县政府”的名称，但在某些小村镇间，仍是沿用着“维持会”的旧名，里面所吸收的全是些昏庸的老朽，以及地痞流氓之类，以前被我们革命势力所淘汰的，敌人都要。这些久经沉淀的社会渣滓，在敌寇血爪的簸扬下，就重新浮泛起来。他们的经费，多半是向当地民众索诈而来的，可是也有一部分由较高的汉奸机关拨补，所有的钱常被攫在几个比较有力的汉奸手里，若干无用的小汉奸，因此也常受欠薪的影响而致无法维持生活。最近嘉善某“维持会”在呈请发给欠薪的呈文中，竟有“多发一金则多存一份元气，早发一日，则早免一日饥寒”等可怜的词句，汉奸们穷极无奈的窘态，却从这几句短短话里毕露无遗。可是真也有些为了生活的“饭奸”（它们用来掩饰的名词）们，因欲表现自己良心未死，常是沟通我们的游击队，经常供给情报，甚至代为庇护出入于沦陷区内。我们的游击队也落得利用他们，在行动上得来许多便利，在苏浙两地，这类“维持会”很多，所以它是被我们称作“两头船”的。“两头船”这三个字的解释，如果用一句江湖上的术语来说，就是“吃两头水”的意思。其实，这种利用伪组织的方法，好处当然有，但危险亦大，因为汉奸们总是利欲熏心的多，我们的工作同志就难免不被出卖。

四、纷乱的街景

杭州的保佑坊或是苏州的观前街一带，虽然也充满着熙攘的景象，但拥挤在街头的尽是些伪军、妓女、醉酒的敌兵、兜售鸦片的烟贩，赌博摊更是满街林立，摇宝、掷骰、牌九、车马炮，什么都有，戒烟所的招牌触目皆是，行人都急匆匆地走着,很少有流连街景的。除了大批的乞丐在路边徘徊乞讨以外,每个过路人总是慌张地走着,他们全像在逃避着一种快将逼近身来的灾祸!但喧闹的街头,只要到夜晚九时以后,就变作一池寂寞的死水了,游艺场晚上是停演的,普通商店在八时以前也都一律闭市,剩落在街头的就只是些流丐和野狗了。敌伪们虽然防备得这样严密,但我们的游击队在市区仍是非常活跃。在冷落的深夜,固然常有连串的枪声,惊破市民们的好梦,即使是在白天热闹的街路上,也往往有手榴弹在街心爆发,使行人纷纷逃窜。所以在沦陷区里走路,有一个必须记住的要诀是“眼明脚快”,眼明可以探顾四方,脚快可以预备奔跑,反正暗杀的事件几乎每天都有,行走在路上的人吃流弹的可能性是很大的。

五、千万颗未死的心

还有一件不能不说的:就是在沦陷区里,敌人的怀柔手腕却是相当的好,它们常不惜予顺民们一些小惠,以转移对它们仇视的心理,“宣抚班”的政治工作亦进行得很可以,记得有一次,在余杭城,我曾听过一个敌方宣抚连的班长对民众们讲话,它把“中、日、满”比作三国演义里的刘、关、张三兄弟,刘、关、张桃园结义以后,才能合力行蜀,所以“中、日、满”也必须亲善提携,乃能奠定东亚的永久和平。它以这样浅显通俗的故事,来从事麻醉我们民众的意识,其用心之险,可谓达于极点。这种荒谬的论调,在稍有知识者听来固然不值一笑,但对于无知民众实在是非常动听的,然而几年来我们的民众真的就被敌人麻醉了?不!绝不!我们不妨举出一些事实来作为这个回答的据明：

(一)汪逆精卫上台的时候，杭州的“大民会”曾强迫民众游行庆祝，沿途并高呼口号，队伍过湖滨第六公园时，有人竟高呼：中华民族万岁！全队顿时齐声响应，领队的汉奸，事后即被撤职。

(二)吴兴某电影院内，去年敌酋河野演说完毕后询问民众：“你们拥护哪一个?”全场一致回答“蒋委员长”，河野大窘，抱头而去。

(三)苏杭各地人民对敌“军用手钞”与伪“储备银行”钞票，都不信任，甚至拒绝使用，对法币价格则暗中提升二三角不等，乡间妇妪，多用以储蓄，一般人称“军用手钞”“储备银行券”为“黄鱼头”，为“过路货”，前者是指其臭，后者是言其暂。

(四)我们的党歌和《大刀进行曲》等在苏杭各中小学中极为流行，课后常有人在教室偷唱，伪教育当局亦无可奈何。

各种伪报，销数极少，销行区域仅限城区，即火车上亦无报贩叫卖兜售，据我问一个沪杭车上的车童，这是什么理由?他说：是“危险太大”！

上面所举的这些，完全说明敌寇是全然失败了，它夺走了我们若干残破的城市，它并没有夺走我们千万颗民众的心，而且我们相信，这千万颗心将是永远不可能被征服的，它会凝作成一方固硬的巨石，为逼近来的胜利奠定强固的基础。

(原载《正报》民国三十年八月二十八日，《东南日报》民国三十年八月二十九日)

苏浙敌伪二三事

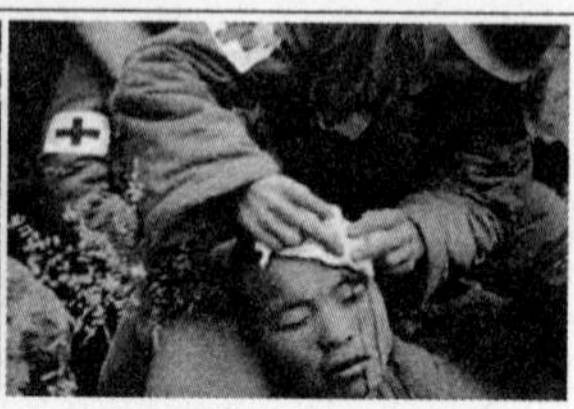

葫芦中卖的什么药

最近在东南各敌占区内，尤其是在江苏和浙江两省若干已经沦陷的城市里，有几件事情是很值得注意而且正为人所盛传着的，那就是敌伪方面的严格实施出入口封锁和敌营商厂的纷纷倒闭。更有一件是敌人大批抽征沦区的壮丁，因此很有些人，对此就不免神经过敏地大加猜测起来，有些说敌人快将秘密的放弃某些据点了，封锁正就是它的掩护。有的说，敌人因欲急速冒险南进，对于江南所有各个据点势将无力兼顾，已准备移交与伪军驻守，他们遂以敌营商厂的陆续停闭这件事来作为自己这种说法最有力的证明，甚至浙西比较著名的某通讯社，在所发出的消息上，也有苏杭敌寇将所营各工厂内机件拆卸运沪有企图后撤的推测，于是速胜论者便又乘机抬头，久经绝迹的等待主义与荒谬绝伦的和平论调更重复传播开来。这种企图侥幸的心理真是再也危险不过的。抗战业已进入第五年的今天，我们只有力图自强，与敌周旋到底。固然，凡事都是戴着灰色眼镜去察看，然后大发悲观论调的人物，是应该从我们抗战的阵营里淘汰去的，但把事情看得太容易过于乐观也是绝对要不得的。总之，怯敌和轻敌都不是办法。所以根据我个人的意见，对这些敌伪方面最近所表现的事实很愿意地加以分析。

敌人为什么要加紧出入口的封锁？这个回答是很简单的，一句话，就是统制占领区物资，以防外漏。它的阴谋，从去年十二月十四日杭敌土桥部队长泽本在杭州伪兴亚俱乐部演说“限制物资搬运办法”的自供中，就可以明显地看出。他说，统制的意义主要的约有三点：

(一)为早日“覆灭”重庆政权，实有武力战与经济战双重压迫之必要，经济战第一条件，即在遮断对渝方之物资供给。

(二)为驻屯于华中日本军有获得生存上必需物资之必要，同时实行“粮食取自中方”。

(三)实施生产统制，物资配给，确保日军占领区内民众物资供给之不致缺乏。

其实几年来由于我封锁与反封锁的加紧，在经济战的立场上我已占绝对优势，他想封锁我们的海口，而我却在自力更生的努力下，渐渐走向自给自足的途径，他想行使伪币，在我的广泛宣传下，却更激起游击区民众对伪币更深的厌恶，使此战争的延长，一个先天不足的敌国，经过几年来的拖延支撑，再加以帝国主义自身矛盾的发展，逼得他焦急万分，不得不更进一步加紧侵略，在经济阴谋上有所转变。

又因为对我海口封锁的失败，所以想严密陆地上的封锁，一方面是对我实施报复，另一方面也是企图完成“遮断”我物资供给的计划。他的所以要加紧实施出入人口的封锁，原因不外乎此。另外为了近来国际情势的转变，英美等国给予他经济方面的压力太大，解决国内的物资恐慌，自然只有设法从所有占领区取得补偿，要尽量掠取占领区的物资，也就不得不严密封锁，不使点滴外漏。然而敌人还是失败的，只要看油类和衣料品的仍然源源不绝的售运到我们这方面来，就可以证实我这句话说的正确。我所预期的封锁之效未收，而日伪日暮途穷的窘态，却从这种举动上表现无遗了。

其次，在苏浙的敌占区内，从敌营商厂的陆续倒闭和工厂内机件拆卸向外装运这类现象上，当然我们未始不可把它看作为敌人准备撤退的预兆，可是这样直觉的看法，于敌情的判断，有时候是难免会走上错误的途径的。我敢说：与其把这一事件看作有关军事的动作，还不如说是在经济上的意义来得较大，似乎妥当得多。我们知道敌人要想断绝我们的物资供给，因此有加紧封锁举动，但空隙太多，防不胜防，许多明令限制出口的货物，在伪军等的包庇放运下，仍是不断输出，名义上加强封锁，而实际上则无异与伪军等多辟一条发财的路径，这是他最大的苦恼，急切需有更彻底的办法。同时敌人为要实施殖民地的统制，在某种程度下，是可能在其据点上来一次经济上“坚壁清野”的，使我们的必要物品，无所取给。各县要实行这种手段，连带的唯有将占领区内的大工商业和物资撤移后运，这项阴谋是非常毒辣的，而且敌人最高兴的是我们民间的纷乱不安，今秋的各地丰收，此后民食一项，势必可以无虑，“仓廪足，知荣辱”，对于某些小汉奸即所谓“饭奸”之类的数目，自亦必致逐渐减少，这对于他扶植伪政府的目的影响不小的，于是企图断绝我们的物资供给，造成我们市场上日用品的缺乏，由粮食恐慌转变而为日用品恐慌，使得人民生活仍不因粮食的丰收而渐见安定，让我们的胜利多加一重保障，这似乎也是他的用心所在，我们有特别提出来加以说明的必要。至于敌人在沦陷区的抽征壮丁，他的主要用意，当然是在补充他最成问题的兵源，等决定南进或北进后，目前分布在中国战场的大部分兵力必得被迫他调。据守占领区的任务，所以事实上只有交付给伪军了，并且在这秋收登场的时候，虽然敌人最近分配在东南的兵力已是十分薄弱，但为要符合取自敌方的野心，也许可能配合一部分伪军势力向据点外四出掠夺或者竟是大股流窜的，这一点也足够我们有所警惕。不过是战争的资本，敌国为先天条件所限，就是缺乏这注资本的国家，战争的失败，将是它必然的命运，现在的挣扎，实在犹如一个输急了的赌徒于万分无奈中倾其所有作最后一掷而已。

敌人所呈现的景象，从各方面看，确实已是日暮途穷，近来在苏浙各沦陷区内如上所述的种种举动，自然也可能是撤退前的准备，可是为谨慎戒备起见，我们还应该绝对提高警觉性，不能轻信任何谣言，而松懈我们的意志。希望依照如下所提供的几点，格外支付我们应有的努力。

（一）坚定抗战意志，提高必胜信心，沉着稳定不轻举、不浮躁，加紧本位努力，以促使敌人提早崩溃。

（二）严格封锁，以防桐油食粮及其他有军需价值的物品走私资敌，大规模展开经济游击，破坏敌占区的物资，并突破他的封锁，从而抢入我必要的物资。

（三）建立自给自足的经济基础，平抑物价，安定民生，以防止人民为生活恐慌所袭击，极力扩展对内经济建设，俾奠定建国基石，完成抗战伟业。

（原载《前线日报》民国三十年九月十八日，《正报》民国三十年九月二十二日）

长兴战役

一

在《苏浙敌伪二三事》的通信上，曾说明了浙西敌寇配合一部分伪军势力，还有向据点外窜扰的可能，果然，浙西武康、长兴一带的敌人，又发动了一次突击式的流窜，而且大部分都是伪军，可以说是“不幸言中”。海北的敌寇于上月二十三日起，亦曾假借“清乡”的名义，在海盐、嘉兴、平湖等处四出骚扰，这与浙西的实施流窜，其实是互为呼应的，因为武、长等地的敌寇发动流窜，是在二十七号下午，时间相距，前后不过四天。其间武康方面虽然因我驻军××师的先机堵击，使敌寇受损失惨重，不敢有所举动外，但在长兴一地，由于事先的疏于防范，竟致被敌乘虚而入，三分之二以上的乡镇，差不多全被蹂躏，柏家村与槐花磡两处烧杀尤惨。在盛传浙西敌寇即将撤退的今天，何以还会有这一次的窜扰？根据我个人的看法,它的企图:第一是掩护占领区重要物资的后移,作为万不得已时进行撤退的准备,也就是所谓“欲退故进”,以防我方的袭击。第二是妄想包抄我××师,从而一举消灭我苏北、浙西一带的游击主力。另外更有一个原因是借此虚张声势,以掩饰其单薄的兵力。从流窜前几天,我们所得到的情报:敌寇将在浙西各占领区抽调兵力二千余人赴上海龙华集中的消息来看,确是预料不到敌寇竟会这样迅速地来一次流窜故技的,以致遭受到意外的损失。但这事实的教训,也使我们获得一种宝贵的经验,轻敌和惧敌都不是办法,只有时刻谨慎戒惕,防备敌人,打击敌人,实行“军事上争取主动”,才是制胜的唯一因素。

二

这次敌寇流窜的时间,共为六天,出动兵力约在三千以上,部队番号已经发现的为驻杭二十二师团敌太田部队及伪军第十师程万□部。开始骚扰的前两天,长兴的后漾、李家漾、夹浦及苏南的丁山等数处之敌,都陆续撤入城内,于是敌寇即将放弃长兴城的传说又盛极一时,若干乐观论者甚至已准备进行入城的计划。想不到只隔得一个晚上,情形就大为转变了,集中于长兴城内的敌人,就由太湖绕丁山东岭袁家岭经东西岑川,在二十八号的清晨窜抵煤山,幸我××师主力转移较早,不然真有被迂回包围的危险,当时我驻守煤山附近的××师××团,就和敌一度展开激战。经此一役,敌人不敢留恋,于当日下午四时许,即全部奔窜槐花磡,施行纵火,夜十二时,更绕越长岑至柏家村、八都太谷口一带,继续烧杀，直至三十日复越青狮山门口，由白阜镇直扑安吉梅溪，于龙山麓又遭我××师与××师会合后分头夹击。××师是久驻浙西的劲旅，何况敌寇经过几天来的东奔西突，疲惫不堪，于是深恐腹背受击，遭遇全部被歼的厄运，于九月一日早晨，分两股回窜，一股由梅溪折返吴兴，另一股经林城桥从小西门窜回长兴城内。总计这次战役的结果，敌人方面可以说一无所获，我方除掉民众一些不及搬走的财产损失外，可说受损极微。由敌寇事先放弃若干小据点，然后再集股外犯的举动上来推测，我们可以非常清楚地知道，目前浙西敌寇的兵力确已十分薄弱，同时从流窜时的吴兴驻敌曾紧闭县城四天，以及配合大部伪军的两件事情上判断，也可充分明白浙西寇力的薄弱。

三

这次战役，记者身陷包围圈内，达三昼夜，目击种种事实，感触颇多，愿列举以告国人：

(一)民众的敌忾情绪高涨，足为抗战必胜的保证，前方民众虽受尽敌伪骚扰，但毫无怨尤，深信敌寇必然崩溃，即使在房屋被焚毁，家人被惨杀的最紧急时候，也没有忘记协助军队扛抬伤兵，担任向导工作，甚至临时发动向各难民募款，星夜购备食品，输送作战将士。

(二)整饬游击区部队纪律，实为当前急务，因为部队战斗力的提高，关系于军纪整饬者甚大，我们希望军事当局，能够密切注意到这个问题，尤其在敌伪实施怀柔，争取民心的现在，我们绝不能于此有所疏忽，使敌伪易于借口。

（三）行政负责当局必须更加沉着，以为民众的表率，务须注意情报的正确性和汉奸的侦捕，有应变的准备。游击区不同于后方，时刻都有被敌人窜扰的可能，松懈与疏忽，都是招致失败的主要原因。

（原载《正报》民国三十年十月二日，《浙西日报》民国三十年十月十六日）

茹坞夜话

坐看蜡炬渐成灰，犹有梅花梦未回。

吟到深情却无语，夜风吹雨过窗来。

（原载《浙江日报》民国三十四年四月十二日）

附录一　白云庵话旧

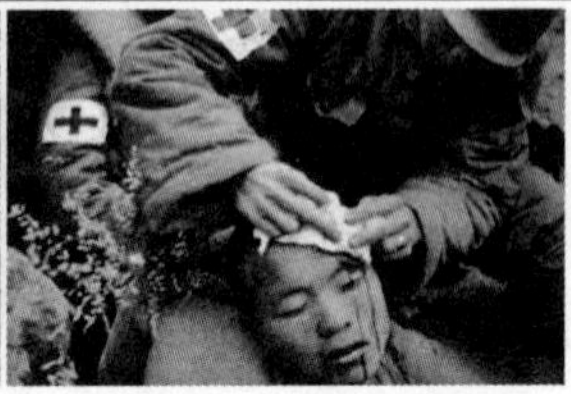

凡是到杭州游过西湖的人，我想总应该知道南屏山下那一座白云庵的。

庵里供有月下老人像，多少年来，曾使天下痴情儿女在这里流连徘徊，然而更要说明的是：这诗情画意的地方，却正也是我们革命伟业的摇篮胜地。

远在十五年前，那时我还很年轻，因为自己的学校离庵不远，所以有空就常去喝茶闲坐，我喜欢到那边去玩的理由很简单，一面在当时对于革命似乎具有充分热情的憧憬，一面因为那地方所特有的一份幽静，实在太使我爱好。有时是雨天，独自在庵外凝眺湖心烟雨，自然，未免也会引来寂寞之感，但西湖的静趣，我却完全领略了。

主持意周，能诗善画，并且善于谈吐，不失为一个风雅人物，每当花影满窗、昼长人静的时节，听他的娓娓清谈，真使人俗念都消，他告诉我陈英士怎样在庵里避难，戴季陶怎样来去自如，国父孙先生又怎样在月光下悄悄地自刘庄驾舟而来。

据说，该庵宋时名“翠芳园”，又因地处南屏山麓，所以另称“屏山园”。贾似道当政时代，每携姬妾，在这里笙歌宴舞，确实盛极一时过的。明末改称“白云庵”，清初，邑人汪献珍，发起修葺，花树竹石，又重加一番整理，更名“慈云”，等清高宗南巡时，又被题为“漪园”，这两字笔力苍劲，镌刻在半圆形的石门圈上，因年代久远，现在已苔痕斑驳了。

太平军之役，庵址全毁。光绪二十三年，杭州藏书大家丁松生先生，又发具宏愿，协助庵僧仁果，募化重建，就在这时候添塑了一尊月老像，猜测当时的用意，也许是略为湖山点缀而已，可是也就从这时候起，庵里的五十五条签诗，不知颠倒了几许痴男怨女。譬如“意中人，人中意，则那些无情花鸟也情痴，一般的解结枝头学并栖”，“一则以喜，一则以忧”，“只一点故情留，似春蚕到死尚把丝抽”等佳句，真使有心人体味无穷。

光绪二十七年的夏天，本省革命党重要分子陶焕卿、龚未生两先生在庵里避暑，每天晚上纳凉闲话的时候，他们就随时对当时的住持得山和他的徒弟意周，晓以革命大义，师徒两人，都被感动。第二年的五月，就都加入了同盟会，这是白云庵最初与革命发生的因缘。

此后，龚、陶两先生每年必来白云山歇夏，到宣统元年，这地方竟成为浙江革命的秘密总机关了。

国父曾到过庵里两次，一次是宣统二年九月，来时已夜半，带了一名侍卫，当晚在大刘庄过夜，第二天清早就动身了，另一次则是在民国二年四月。

陈英士先生有次到杭州来运动浙江的军人革命，不料有探员一路从上海尾随着他，那时探员以为他是渡钱江往绍兴去的，就派了很多人在三廊庙等候，他发觉以后，便出清波门，走净慈寺，登雷峰塔，自塔后翻到白云庵了。他在庵里一共住了五天，乘机还把杭州的党人重新集合了一次，第六天早晨，才由拱宸桥坐船到吴兴转赴上海。

白云庵在革命史上是这样一个富有纪念意义的地方，但在敌伪侵据杭州的时候，它却全部毁坏了，尤其使人遗憾的是在这大修西湖风景的年头，偏就单单遗忘了白云庵。

听说在这次杭市临时参议会第一次大会里，将提出设法收回白云庵改建革命纪念馆的议案，以使湖山佳胜与革命丰功同垂不朽，这办法很对，站在市民的立场，我极力赞成这个建议。

（原载《东南日报》民国三十五年二月二十四日）

寄　意

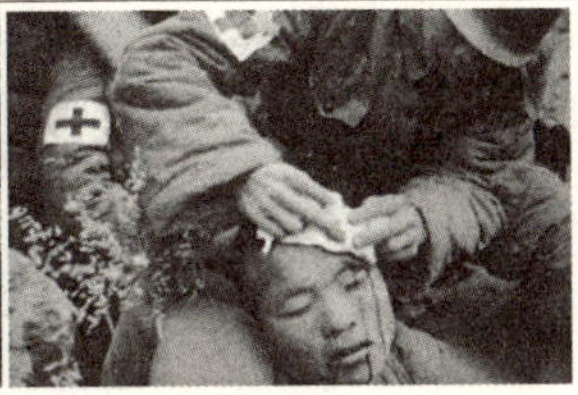

湖海飘蓬剧可哀，秣陵废垒见蒿莱。
四方寥落酣秦梦，万顷狂涛笑鲁杯！
乱后文章多痛哭，劫余城阙荡寒灰。
辽阳风紧燕云急，到处横行有虎豺。

（原载《大同日报》民国三十七年六月二十六日）

石城风雨

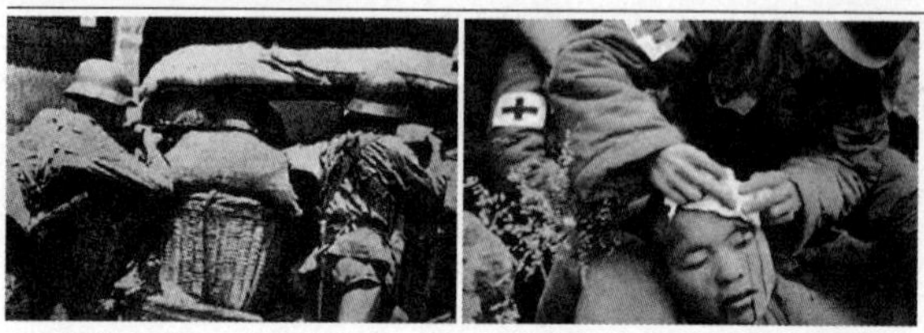

虽然照旧俗讲,今天是出“梅”的日子,但昨晚一阵大风雨,把草屋吹坍了许多,二十天的“黄梅”原就把人苦够了,这一下大街小巷的水又满了起来,有几处简直浸没到脚背以上。黄包车成了临时渡船,每渡两万,大家争着拉,一片叫嚣之声,仿佛到了黄浦大码头似的,汽车过处,水声哗哗,与轮船没有两样,一时形成街头奇景。于是有人主张:索性把现在的淮海路称作“淮海”,珠江路改名“珠江”,反显得名副其实,这很有意思。据说南京的一部分下水道,还是洪武年间建造的,迄今原封未动,我们的行政效率,由此可见。沈市长是研究都市建设的,但对于治“水”却大感头痛,工务局虽说每月都公布有修路统计,只照例一篇官样文章,那实在是天晓得的事情。

秦淮河变成历史名词

说到水,不禁使人想起这里的唯一名胜,秦淮河和玄武湖来。说也奇怪,南京特别市的特别现象是:应该满水的地方,偏偏淤塞干涸,不应有水的场合,则积潦成渠。秦淮河快就成为历史上的名词了,对着这一条臭沟,谁也不能相信两三百年前这里曾经是笙歌画舫的一片繁华世界。不过夫子庙和大石坎街一带,每逢华灯初上,跑卡的随处皆是,巷尾街头,挤满了一堆堆的可怜虫,粉白黛绿,一任选择,因为战乱摧毁了农村,其间有很多是初出来的乡下姑娘,公子阔少,大腹商人,一样是毫无顾忌地任性取乐,这也许是仅仅保留的一点风流余韵吧!“妖姬狎客送南朝”,想起这句旧诗,确是另有一番感慨。玄武湖总算有人管理,没有遭到秦淮河那种地步,但也淤浅不堪,靠岸处更是一片野草芦苇,充满荒凉萧瑟的情调,与西湖真是无法比拟。不过话虽如此,到底还是苦闷在这个城圈子里的男女青年,最好去处,这几天晚上更是游人如鲫,临时茶座,清茶每杯十万,还不容易找到座位,小划子生意尤其好,船娘的一天收入,远在荐任级的公务员以上,然而也有煞风景的事情,昨天有一个名叫黄蓉弟的桐城女教师,在这里投水自杀,身边仅余法币三万五千元,一般推测,还是为了生活,唉!吃人的生活!

袁世凯还有如此魔力

物价疯涨声中,袁头交易,越做越盛,新街口与建康路一带,叮当之声,彻耳不绝,这一下可使就近的财政部着恼了。本月一号开始下令取缔,警局大批动员,执行劝导,当日平静无事,银圆摊宣告撤退,第二天起,大家在玻璃橱上贴上一张“专做金银首饰,拒绝兑换银圆”的红纸条,照例买卖,政府的面子既已顾全，这事情总算暂时过去了。有一个署名小公务员在某报上发表意见说："这年头一觉醒来，手里的钞票就会大打折扣，苦命的公务员买不起金子，没法买几个银圆，还不失为保持币值的好办法，不知道政府为什么偏要与穷人为难，根本办法不去想，只是枝枝节节向可怜虫找麻烦。如果说是首都所在，有碍观瞻，那么难看的事情，除此之外，恐怕还多得很！"这几句话颇引起一些人的共鸣，好在雨过天晴，依旧"大头"无恙。想不到民国三十七年，袁世凯竟还会有如此魔力，确是出人意想之外。

（原载《大同日报》民国三十七年七月十二日）

秣陵秋晚

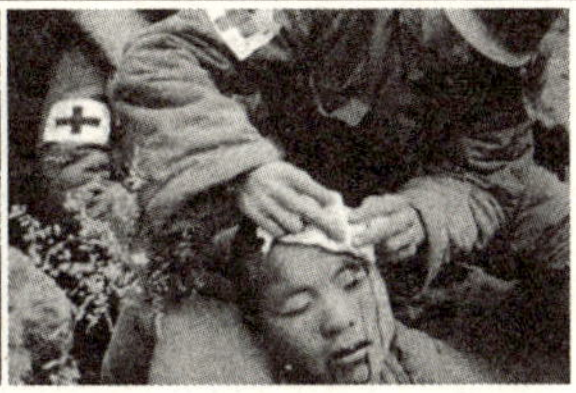

叶落天寒，转眼又是深秋时节，南京城的景象，这几天显得特别萧瑟，商店十室九空，每天都提早打烊，晚上八点以后，街车冷落，就像是深夜了。生活在这个城市里的人，原是紧张惯的，这样冷落的场面，反而引起了新的刺激，于是不但紧张，更且变得有些慌张了，白天在油坊米铺的门前，总是挤满了长长的行列，“牛群”大肆活跃，黑市猖獗，抢购的对象，连胶鞋雨衣都光顾到了。A. D. K 门前，大清早就站满了人，十点钟伙计拉开铁栅来，一、二、三、四，数满五十，就把牌子挂出来，“今天售完，明日请早”，许多人对手里的金圆券，哭笑不得。

但是也有例外，书铺、照相馆总算照常供应，可是交易不旺。《大刚报·风雨谈》的作者说：“有人以为今天只有棺材店门可罗雀，但长此以往，生活艰难，也许不久棺材店也会发生抢购风潮了。”

偏在这个时代，“首都”和“江南”的公共车也生了瘫痪症，一班车起码得候上一点多钟，等着上班的公务员，莫不摇头叹气，车子一到，秩序大乱，于是吵嘴、打架，汽车实则成了“气”车，小火车也同病相怜，常常误了钟点，车厢里挤得水泄不通，登车之难，有如登天。

也许是乱世谣言多，这几天民食调配委员会又有了结束的消息，人心慌张之余，买配米也得起早摸黑，照样抢、挤、轧，有些人一连挤了几天，还是毫无希望，下市口的一个居民，因为挤不到米，跳井死了。生活就是战斗！这句话的意义，在今天的南京，似乎显得特别恰切。

但尽管一面是满耳呻吟，民生痛苦；一面也有很多闲情逸致的人们去栖霞山欣赏秋色，然而可惜的是：时候嫌早，林叶未红，不免大扫绅士淑女们的兴致。电影院的票价，虽说在中秋以后已经提高了一倍多，可是场场客满，售票开始，人如潮涌，气力小些的，根本就无法买票，夫子庙南京大戏院的李万春也很叫座，如果不隔日订票，很难找到座位。苦难的日子，无法安排，小市民们要想发泄一下心头的苦闷，除掉声色追求之外，实在也别无他途了。

在薪水宣告冻结，以不变应万变的原则之下，公教人员尤其是够苦闷的，星期假日，玄武湖就成了最好的去处，只是衰柳两行，残荷几茎，多少有点寂寞的情调，小步翠虹堤上，看天际行云，意外的会使人引起苍凉之感。很多食品店都改卖清茶了，划小船也不在时，回想两个月前的热闹情形，确是大非昔比。

两三天来，连朝夜雨，早晚已不胜寒意了。照例该是添置寒衣的时节，但聪明的服装店老板，推说里子布市上缺货，定制新大衣一件，起码得两个月后才能照取，这种变相的拒绝，真不知叫一些箧无余棉的薪工阶级如何是好。

大局沉闷到极点，任何人都觉得苦恼万分，幸好前天翁院长从北平回来了,听说对于经济措施又有了新办法,一种新的希望在前边闪耀,但愿它能顺利成功。

（十月二十六日寄）

（原载《大同日报》民国三十七年十月三十日）

附录二　王斯琴：动荡人生

一、随军记者

1937年7月7日，北平卢沟桥事变，抗日战争爆发。1914年出生的王斯琴的人生就是在这场战争中发生转变的。从本期开始，我们将连载他的讲述。第一部分主要发生在抗日战争期间。他辗转多家报社，又参加了国民党“中央训练团新闻研究班”，成为一名随军记者，他的讲述对了解当时的新闻行业有一定帮助。他在讲述中还涉及国共之间的摩擦，以及当时在浙江布防的第二十八军的一些情况。

幻　灭

1937年12月24日，九十六岁的王斯琴清楚地记得这个日子——这一天，日本军队占领杭州。像生活在那个时代的大多数人一样,王斯琴的人生从此改变。

此前,王斯琴的梦想是成为一名诗人,他是家里的独子,家境不错。1932年夏,他考入了浙江省立民众教育实验学校(简称民教实校)师范科。这是一所性质特别的学校,学制三年,学生全部公费,学校注重人文教育,主张独立思考。校长尚仲衣是美国哈佛大学毕业的教育博士,思想非常开放。学校也请来了很多著名人士来讲课,浙江大学的郑晓沧、钟敬文、夏定域,艺专的潘天寿都在校兼课。

在学校,王斯琴的好朋友李一航,也热爱诗歌,他们一起为当时的《杭报》副刊编辑每周一期的《铜驼》诗刊。在若干年后,当他们再次重逢时,诗歌却不再是他们讨论的主要话题。而对王斯琴来说,他人生中的几个转折点也许都与这位学生时代的诗友有关。

日本军队占领杭州时,因为要照顾父母,王斯琴没有逃到后方。他的熟人中,有人参加了地下党,也有人去为占领政府做事。他两边都没碰,只在街上摆摊卖些杂货——为了父母,他想本分点。

王斯琴有一个同学,在警察部门做事,告诉他一个消息:所有留在杭州的文化人,如果不为占领政府做事,就会被认为是抗日分子,他的名字就要上黑名单了。

这个消息打破了王斯琴的幻想,他连夜坐车到三墩镇,然后步行到了临安。

办 报

临安当时仍由国民党部队控制。到临安后,王斯琴找到了以前在杭州的熟人,在熟人的介绍下,他到“抗敌后援会”报到。

杭州周边的临安、余杭等地都有自己的“抗敌后援会”，它们的主要工作就是接济从沦陷区里逃出来的人，根据每个人的特长安排工作。不过，人太多了，不是所有的人都能获得一份长期的工作。

但王斯琴正好是临安“抗敌后援会”急需的人才。因为他有办报经历。

办报是当时国统区的重要工作之一。日本人很重视宣传攻势，他们每攻占一个城市，不到一个月，他们的报纸也就出来了。这些报纸全都宣传日本人在战场上胜利的消息，用来打击中国人抗战的信心。

临安当时没有自己的报纸，人们只能通过杭州及其他一些沦陷区带回来的报纸来获取消息。包括王斯琴在内的三个有办报经验的年轻人，在临安办起了一份八开大小的油印报纸，取名为《武肃报》，社址就设在距离临安市区五公里的一个叫龙蟠寺的古庙里。

“麻雀虽小，五脏俱全”，这是王斯琴对《武肃报》的评价。报纸上有国际新闻、国内新闻、本地新闻，甚至还有副刊，上面发表一些文学爱好者的诗词作品。

国际新闻、国内新闻的来源就是一台无线电收音机。三个人每天晚上七八点钟开始收听收音机，其中一个人负责将听到的内容，尤其是我方在战事上的胜利，编写成文，王斯琴负责编辑，另外一个负责印刷，三个人要一直忙到晚上十一点钟。当时这张报纸印量为一千份。

第二天早上五点，他们三个人还要负责上街叫卖，三个铜板一份。早上七点之前，报纸基本上都能全部卖完。

实际上，在临安，早上七点一过，大街上就没人了，因为日本人的飞机的轰炸一般都是在七点之后。当时的临安城里一片瓦砾,没有一幢完整的房子,大部分人住在草棚里。

办报所用的纸张、油墨等都是“抗敌后援会”的公费负担,而卖报所有的收入就作为王斯琴他们三个人的生活费,每个人一个月能分到十七八元。

不辞而别

当时,杭嘉湖一带国民党政府的办事处都迁到了天目山中,因此,天目山所在的於潜县也就成了当时浙江省国民党的重镇。

国民党要在於潜办一份新报纸,但缺少工作人员。临安的《武肃报》已经办出了名气,于是,包括王斯琴在内的三个人都被调了过来,《武肃报》也就停掉了。

新的报纸叫《浙西日报》,在1939年元旦创刊,由国民党浙江省党部创办。

《浙西日报》比《武肃报》大了一倍,四开,铅印。社长叫余烈,於潜当地人,是抗日战争前就参加了国民党的老党员。王斯琴负责国际新闻和副刊。当时的同事,有一位叫金姬刘,是王斯琴的搭档,是一名外勤记者,金后来参加了共产党,在战争中牺牲。还有一位同事叫华封,后来曾经在杭州办了一份叫《天行报》的报纸,是当时小有名气的报人。

《浙西日报》上除了宣传抗日消息之外,还有“反共言论”。而王斯琴作为一个副刊编辑,在骨子里却同情共产党,一些相对偏向共产党的诗歌、散文等,他还是发出去了。

几个月后,经常有领导找王斯琴谈论稿件的倾向问题。他察觉到了形势的不对,选择了不辞而别。

下 一 站

王斯琴读民教实校时的国文老师姓何，当时任浙江省建设厅秘书长。在他的介绍下，王斯琴进入了建设厅下面的一个刊物《合作前锋》工作。

这是一份很先进的刊物，鼓励工人建立合作社，提倡产方和销方直接接触，减少中间环节，从而降低价格。

王斯琴到了《合作前锋》没多久，就被派去温州平阳县。平阳的矾矿非常有名，王斯琴的任务就是去那里组织合作社。搞了两个月，有声有色，矿上的工人都喜欢王斯琴。资本家们不干了，他们把王斯琴告到了建设厅，说他鼓动工人，可能是共产党。

王斯琴再一次不辞而别。他的下一站，则是大后方重庆。

插 班 生

当时周恩来、董必武都在重庆，那里民主气氛相对比较浓。

到达重庆的时候，王斯琴只有一个人一个挎包。在这座山城里，生活似乎很难为继。所幸，他碰到了一个熟人，民教实校时的好友李一航。李一航当时任国民政府军事委员会政治部部长陈诚的随从秘书，这个部的副部长就是周恩来。

李一航告诉王斯琴，说他的运气非常好，政治部刚好要办国民党“中央训练团新闻研究班”。生源由三部分组成：归国留学生、部队中团级以上政治干部和各省市青年优秀记者，由地方推荐或者自荐。

李一航用一张条子把王斯琴以“浙江省优秀青年记者”的名义“塞”进了那个班。

“新闻研究班”的规格非常高,讲课的老师都是名人或名家。军事课由陈诚主讲,文艺课由郭沫若主讲,新闻工作课由当时《大公报》《中央日报》里的重要人物主讲,财政课由孔祥熙主讲。

在这期间,国共两党在重庆,摩擦不断,斗争的形式渐渐明朗化。李一航也被卷入一起事件中:他和陈诚的另一位秘书邓达章商议后,从陈诚的皮包里取出了当时的绝密文件《防止异党活动办法》抄录后,由一航亲自送交副部长周恩来。好在陈诚信任李一航,这才使得后来查起这件泄密事件的时候,李一航没有被枪毙。

八个月之后,学习结束,王斯琴加入了《扫荡报》,被派回浙西战场做随军记者。

战　斗

王斯琴做随军记者的部队是国民革命军陆军第二十八军。

二十八军不是蒋介石的嫡系部队。军长名叫陶广,湖南人。下辖一九二师、五十二师、六十二师三个师,和两个在敌后打游击的中队,这些中队的士兵不用穿军装,但一个中队都有一个师的兵力。国民党军队按照三三建制,三排一连,三连一营,三营一团,三团一师,三师一军。二十八军实际上有五个师的兵力,一个排加上伙夫等大概有四十人,也就是说,二十八军大约有一万五千人。

二十八军在余杭、昌化、临安一带布防。其中,五十二师在皖南一带，六十二师在浙西一带，一九二师在浙东一带，防线很长。

虽然那时候还处在国共合作期间，但国共之间的斗争早就表面化。因此，国民党的很多军队除了抗日之外，还会有一些针对共产党的任务，国共部队间经常摩擦不断。

但陶广是个比较开明的将领，他基本不会为难共产党。

曾经有一次，新四军某部要从浙西到浙东，将可能通过二十八军的防区。收到战报之后，上午八点，陶广下令辖下某部从阵地撤退，为新四军让出了一条道路。

而与日本人之间，战斗发生的也并不多。当时的情况基本上是这样：日本人控制了城市，但他们也不敢随便进入山区。国民党军队的战术也是以游击战为主，日本人也怕的。只有每年的秋天，日本人要进行扫荡，这时才会发生一些战斗。

长兴县的民兵组织训练有素，是浙江一个典范。1941 年某天，王斯琴前去采访。

那天下午三四点钟，日本人忽然进攻长兴县政府机关所在的泗安区，王斯琴当时正在县政府机关采访。

收到消息之后，二十八军迅速派出在附近的五十二师的一个团的兵力前去支援。王斯琴迅速和部队撤到了山上，占据了有利地形。

进攻的一百多个日本人搬来了小钢炮向山上放炮，在山上的国民党军队则用机关枪还击。日本人多次进攻都攻不上来，整整一天一夜之后，日本人撤走了。

打扫战场的时候，发现了三十多具日本人的尸体。一般来讲，打扫战场时对尸体的处理都是就近刨个坑埋了，然后在地上竖根木棍，顶一顶钢盔，告诉大家，这里埋着人。而那次战斗之后，长兴的当地农民兴奋地把日本人的尸体拖到泗安镇上游街，可见当地人对日本人的仇恨。

后来，王斯琴写了一篇关于这场战斗的报道，在很大程度上鼓舞了士气。这是他在抗战期间，为数不多的战场经历。

参　军

随军战地记者的工作并不像想象中那么辛苦。每天需要写一些几十字的小消息发给报社，这些消息基本上都是一些小接触的消息。除此之外，每个月写两篇当地战地情况的报道，每篇一千五百至两千字。这就是战地记者的所有工作。很多时候，写稿甚至可以不去前线，只需要到军部参谋处拿现成的消息改写即可。

随军记者做了一年之后，王斯琴被授予上校军衔，月薪五百元，当时军长陶广的月薪是一千多元。

相比普通军人每个月十几块钱的军饷，这样的月薪非常高了。不过，在部队里，普通士兵是管吃管住的，但像王斯琴这样的军官，吃饭要自己掏钱。当时一个月的开支在一百元至两百元。

在做随军记者期间，王斯琴的工资是由重庆《扫荡报》直接打到军部的。由于交通等问题，工资经常隔了两个月还收不到。王斯琴跟军长陶广的关系好，陶广就给了他一个军部参议的名义，保证他每个月都能领到工资。

随军后期，王斯琴不再是随军记者，而是直接加入了部队，一直到抗日战争结束。

二、昔日湖山曾领管

1945年8月15日，日本宣布无条件投降，抗日战争胜利结束。

对国民党政府来说，当时重中之重的工作就是接收了。

9月4日，抗战时期的国民党杭县县长兼杭州市市长陈纯白率先进城，接收了设在三元坊兴业银行的原汪伪杭州市政府。9月中旬开始，国民党各路军政要员们纷纷从四面八方涌进杭州，争先恐后地对遗留物资与人民财产进行接收，仅浙江省政府接收的就达六十九亿元法币，其中物资价值二十一亿元法币，仅在杭州就接收工厂企业三十三家，其中丝织厂九家、纺织厂五家、化工厂五家。

王斯琴讲述的第二部分主要就是他作为数千位“接收大员”之一，历任杭州艮山区、笕桥区、西湖区三区区长。在此期间，他看到了很多当时国民党官场的贪腐状况，他固守本分，躲过了很多诱惑。在他的西湖区区长的任内，他还领导组织了重修白堤的工作。

萧索一城

1945年9月中旬，王斯琴所在的第二十八军作为离杭州最近的部队，成为杭州沦陷之后，第一支进入杭州城的中国部队。

部队进城的那天，杭州城里的老百姓都出来了，大街上鞭炮声此起彼伏，武林门成了最热闹的地方，很多人在这里集会，王斯琴说当时大家脸上都是兴奋的表情。

在离开杭州七年之后，王斯琴发现此时的杭州，哪里还有天堂的样子。

汪伪政府在城市管理上做得非常差，大街上到处都是一堆堆的垃圾，空气里有种腐烂的气味。第二十八军入城之后，光清扫垃圾的工作就进行了很多天。很多木结构的房子被拆了，留下了一片片的废墟——在抗日战争后期，杭州市区之外到处都是游击队，连木柴也运不进杭州。

到杭州没几天，王斯琴就告别了军人身份，成为一名"接收大员"。

国民政府早在日本正式宣布投降之前，就已经制定了《行政院各部会署局派遣收复区接收人员办法》，根据这一办法，国民党向各大城市派出特派员或接收委员，接收敌伪资产，是为"接收大员"。

王斯琴本来的想法是自己是搞文字工作的，回杭州还是继续办报好了。可上面不同意，说他对杭州熟悉，又是靠得住的人，所以接收任务不能拒绝。根据当时的规定，军队不能接收物资，只有当地政府可以。王斯琴起先被任命为当时的第六区（艮山区）区长。

做事不用那么书生气

一日，王斯琴在《浙西日报》的同事周一弘去找王斯琴。

周一弘本来以为区署大小总是个行政机构，何况杭州市的区在名位上相当于一个县衙门，定能一问便知。哪知到了大概的位置问路人竟怎么也找不到。

最后，区署竟然是在铁路货运站附近类似货房的一个木屋平房中找到的。区署办公室里五六个办事员，七八张办公桌，倒有点像战时在敌后游击区县政府的临时机构，王斯琴正在低头看公文，一直等周一弘走到他的办公桌前才发现，忙拉把椅子让座。

问其区长办公室在哪儿，他笑笑说："还是这样方便些。"又说："办公有事可就地商量，在来访者的观感上也分不清谁是长、谁是员，可避免官场上不少麻烦。"

麻烦无非就是红眼病，无非是觉得这里好处多，想来分杯羹。

那时候的杭州城里到处都是日本占领军来不及运走的物资，车站、码头、仓库，物资堆得跟小山一样。艮山区区长在当时是个肥缺，因为在辖区内有个物资中转站，里面堆满了各种物资，比如整箱的上等龙井茶就堆了好几百箱。

那时候，杭州人把这些日本人留下的物资称为浮财。因为这些物资都是没有具体账目的，如果有点权力，有点私心，捞一票很容易。

王斯琴没有这么做。他按照规定，派工作人员认认真真地对每一笔物资进行调查、登记、造册。

与此同时，王斯琴的艮山区政府部门内部却穷得叮当响。"机构成立不久，又是光身一个走马上任，对行政工作毫无经验，就这样摸索着办。其次，区署既无像样的办公场所，又无开办经费，多次向市里要拨点经费，市长总是两手一摊，让我自己想办法。"

当时的市长是周象贤。周象贤是"庚子赔款"第二批赴美留学的学生,同年的还有宋子文、胡适等。他曾经在 1928 年 11 月到 1930 年 8 月、1934 年 2 月到 1937 年 12 月期间担任过杭州市市长。日本投降之后,当年逃跑到重庆的周象贤奉蒋之命,赶回杭州复任。

周象贤叫王斯琴自己想办法,无非是暗示他心思可以活络些。周象贤还曾对王斯琴说做事可以不用那么书生气,五百箱龙井茶上报三百箱,一百五十箱让当地政府搞搞福利,剩下的五十箱,自己和身边的人分一分,这样大家都开心。手里有权的时候如果不用,过了这村就没这店了。

王斯琴不敢,他的道理很简单:“得好处的时候所有人都来了,如果出了事,那还不是砍我一个人的脑袋。”

在当区长的间隙,王斯琴还是圆了自己的办报梦。那时,杭州已有多份报纸,《扫荡报》(杭州版)最先出版,《浙西日报》到杭州之后改名《大同日报》,《民族日报》仍以原名过渡,《东南日报》也迁回杭州继续出版,但其中没有文艺类的报纸。

王斯琴和周一弘商定,他为发行人,负责解决经费问题,周负责编、校、印刷,稿件由两人联系文友约稿。刊物取名“潮流”。《潮流》于 1945 年 10 月创刊,社址在里仁坊(现中山中路)百福弄三号,是八开四版小型刊物,三日刊。《潮流》出了十五期之后,于同年 11 月停刊,成为鲜为人知的杭州战后文化领域中的一个小小记忆。

有人要借郭庄的家具

《潮流》停刊的一个原因是王斯琴被调走了。

周象贤大约是觉得王斯琴“朽木不可雕”,把他调到了第七区（笕桥区）当区长，而艮山区就留给了“脑子活络”的人。

笕桥有个军用机场，因为疏于打理，王斯琴到职的时候，机场里的野草长得比人都高。王斯琴的主要工作就是安排人清理机场。

这是一份吃力不讨好的差事，每天要发动一千名百姓去割草，因为给的工钱很少，所以总是找不齐人。这也许是市长故意想要王斯琴难堪。

没多久，王斯琴就向周象贤请辞，说自己的文人性格，实在不是做官的料。周象贤却说，你一定要干，你喜欢作诗写词，那就去第四区（西湖区）吧。

在西湖区，王斯琴的临时住所是苏堤跨虹桥北边的常宅，同时常宅也作为办公场所。

西湖区其他物资不多，多的是一幢幢像常宅一样的在西湖边的洋房。那时候，能住上这种别墅的人，不会是普通老百姓。日本人一来，如果是爱国人士，你就住不下去，只有逃亡，房产就被日伪占了。能够安安耽耽住下去的，别人就要怀疑你和日伪有点不明不白，抗日胜利了，这些人都要“取保候审”，财产别墅就要充公。

到了第四区之后，麻烦事就跟这些别墅有关。

一天，王斯琴接到一个上面领导的电话，对方称，他知道郭庄的红木家具很不错，想借回家好好看看。

郭庄是杭州绸商宋瑞甫于清光绪三十三年（1907）所建，俗称宋庄。民国期间，宋家败落，卖给汾阳郭氏，改称汾阳别墅，俗称郭庄。全庄占地近万平方米，南北分静必居和一镜天开两个景区。庄园借西湖之景，与西湖山水融为一体，被誉为“西湖古典园林之冠”。郭庄的历代主人们全都身价不菲，对家具自然考究。郭庄里的红木家具，价值都在几十万以上,王斯琴当然知道不错,他也知道这个上面人的意思,无非就是想占为己有。

“您看,借条是签您的名字,还是我的名字?”王斯琴这么问了一句。

话还没说完,对方就把电话摔了。

后来,常宅当时的主人托里保长找到了王斯琴,要把常宅卖给他。常宅最早建造的时候,花费了四十根金条(一根金条相当于十两黄金),对方却说:“我也不要这么多钱,给我十多两,凑个路费就成了。”王斯琴回答:“我十几两都没有,我不要。”里保长就说这个钱我们帮你出,手续也帮你搞定,房子就送给你了。王斯琴还是不要,他后来查过,那个主人是有问题的,正要接受调查。这背后也许有更多的玄机。

九十六岁的老人非常庆幸当时的决定。“还好当时没要,不然,我可能就活不到现在了。这样的巨额资产,后来一次一次运动,足够我掉好几次脑袋了。”

如今的常宅已经多次变换了用途,老人偶尔经过那儿的时候,总会驻足看一看。

让日本战俘重修白堤

“昔日湖山曾管领,此时云水幸相邻。我今直似南柯守,梦转槐安国里人。”这是数年前,王斯琴老人所作的七律《重到菩提精舍》中的后四句。

在他任西湖区区长的时候,他做了自认为这一辈子干得最好的事情,这就是治理西湖。

在杭州被占领期间,兵荒马乱,西湖一直无人管理。王斯琴到西湖区的时候,白堤塌得很厉害,湖底也全是淤泥,船划到西泠桥一带就划不动了。湖里长满了水草，人走近了，“野鸟飞起来能天黑一个角”。这种事本来也不是王斯琴的工作，但是王斯琴想自己是个读书人，为什么不能学白居易、苏东坡，为西湖出点力。

王斯琴就决定疏浚西湖修白堤。修堤的工作很辛苦，工钱是每人每天法币十元，吸引力不够大。当时在杭州，粮食是紧缺的物资，一元法币可以买到一斤多猪肉，却买不到一斤米。1946 年 2 月，因为米店老板有米不售，哄抬米价，制造粮荒，杭州还发生了老百姓冲抢米店的事件。王斯琴就另想方法，他手头有可以动用的救济物资——美国面粉，他就在工钱里，加上了每人每天十斤面粉。这样的规定一出，很多人就赶过来干这份工作。结果，每天就有近千人在白堤上劳动。

当时在白堤上劳动的还有一群特殊的人，日本战俘。日本投降后，杭州的日本战俘全都被押解在拱宸桥。王斯琴通过熟人去问了一下，有关部门同意了，结果每天就能领到一队日本兵来做工，每天早上八点钟到，下午四点钟走。有的被分派去挑塘泥，有的被派去西山路修马路，也有的被分派去满觉陇种桂花、去孤山种梅花——日军占领杭州后期，满觉陇的桂树、孤山的梅树都被砍了当柴烧了。这样做也算让那些日本人“将功赎罪”了。

日本战俘没有工钱和面粉，但是管吃饭，临走的时候，他们还能从库存中领到五斤白酒。

王斯琴做好了自己的本分，可是总有亲戚、领导惦记着。这个家里最近需要一些面粉，那个家里需要一些钱，每天总有这样那样的电话打到王斯琴这里。

这样的事情太多太多，王斯琴在西湖区做了半年区长之后,决心不干了,上头还是不同意。“我就不辞而别了。”1946年暑假,王斯琴决定离开杭州这个是非之地,去德清师范学校教书。

德清师范学校的校长是李一航,当年他将绝密文件《防止异党活动方法》偷出来交给周恩来之后,虽然命保住了,可他察觉到自己的处境还是危险,便毅然离开政治部。后几经辗转回到老家德清任校长。他了解到王斯琴在杭州的处境之后,向他发出了邀请。

很多人不解,你放着好好的公职不干,居然去一个小县城的简师教书。“这样我觉得安心。”王斯琴说。

三、另一份《中国时报》

王斯琴告诉笔者,几年前,台湾《中国时报》有个摄影记者来到杭州,在杭州本地媒体的帮助下,找到了他。这个摄影记者非常惊讶,因为在很多年前就曾有报道称王斯琴在杭州去世了。《中国时报》是台湾四大报之一,但其实在抗战结束之后,南京也有一份《中国时报》,王斯琴则是创刊元老之一。关于这份《中国时报》的记载很少见诸文字。

1946年3月,蒋介石宣布改组“中央军事机构”,“以仿照美国制度为原则”。

改组之后,部队搞政治工作的部门从原来的“军委政治部”改称“国防部新闻局”。原“军委政治部部长”陈诚因为是蒋介石亲信,任改组后的“国防部参谋总长”,“新闻局局长”由原“军委政治部第一厅厅长”邓文仪接任。

邓文仪上任之后，他需要一份报纸对部队进行思想教育和文化宣传。当时部队系统已经有份《和平日报》(抗战时期的《扫荡报》，王斯琴即这份报纸的随军记者)。这份报纸1932年创刊，之后又经历了抗战八年，历史悠久，报社内部早就已经形成自己特定的文化以及人际关系。到1946年的时候，邓文仪驾驭不了。

邓文仪需要一份自己能控制的报纸。《中国时报》就是在这样的背景下诞生的，该报由“国防部新闻局”主办，发行人是邓文仪。

一个“顶天立地”的标题，主编跑了

1946年的暑假，王斯琴离开官场，在德清度过了“毕生难忘”的半年。

那半年，他教着学生，课余就跟李一航一起游山玩水，饮酒谈诗，轻松愉快。后来看看，这也许是抗战开始后他生命中最轻松的一段岁月。

到了1946年底，王斯琴忽然接到南京“国防部新闻局”的急电，说是《中国时报》准备次年元旦在南京创刊，让他立刻去参加筹备工作。

接到通知的还包括曾经一起在《浙西日报》和《潮流》共事的周一弘等许多老朋友，在友情和职业兴趣的鼓动下，王斯琴匆匆离开杭州。

《中国时报》创刊时间定在了1947年元旦，可王斯琴等人接到通知的时候都已经是12月初了，他们只有一个月不到的筹备时间。

因为是“国防部新闻局”主办，所以，经费上是不用担心的。没有办报场地，就在南京印刷厂内借用了一间房子作为编辑部，编辑部跟印刷厂在一起，倒也还方便。

第一任社长殷作桢，是抗战时期第三战区司令长官部政治部第三处处长——当时小有名气的文人。总编辑汪松年，副总编辑王斯琴，编辑主任周一弘，下面还有编辑四名，外勤记者四名(其中一名为摄影记者)，校对若干名。

这是一份对开的报纸，涉及了国际、国内、本市、商务(财经)、体育、文娱等内容。编辑和外勤记者们分工合作，倒也有条不紊。

除此之外，《中国时报》还有一个由十多个人组成的社论委员会，他们中很多都是部队的政治部主任。他们每个星期开一次会，确定一个主题，发表一篇社论。总主笔林桂圃，在南京专门研究孙中山遗著《三民主义》，在当时是很有名气的理论家。

全社人员除了百分之二十外聘之外，其余均从“新闻局”各处调用。王斯琴就是这百分之二十中之一。《中国时报》只针对部队发行，所以报社工作人员全都授以军衔。总编、副总编是少将级别的，编辑主任是上校，编辑和外勤记者是少校，校对中等级最低的是少尉。

十几年的办报经验，王斯琴养成了在审稿的时候特别注意审改标题的习惯。那时候的标题不仅注重简明扼要、醒目概全，还得注意考虑到版面的美化和平衡，尤其得计算各号或各体铅字的占版面积，否则不是排不下，就是会留太多的空版，导致拼版工人不好拼版。

时任总编辑的汪松年是个成名已久的报人，但从来没接触过内勤编务和版面设计，在这方面明显经验不足。

创刊后不久的一期报纸，汪松年改了头版头条新闻的标题，但字数过多，工人拼版卡壳。王斯琴建议用回原来的标题，否则有失规范。汪坚持，表示能排得下，撑格没关系，还说自己负责。

见报之后，殷作桢大发雷霆，因为很多人讽刺那天的标题是"顶天立地"，还有的说"不留余地的二根擎天柱"，殷作桢表示要整顿报纸。

那天晚上，汪松年托病不上班，之后就再也没有见过面了。

王斯琴也从副总编升任主编。

老朋友关系要好，新朋友也不能对不住

主编的工作异常辛苦，王斯琴工作了近一年，日夜颠倒的生活让他的身体一塌糊涂。

王斯琴每天晚上十二点钟上班，这时候，各个编辑已经将所有版面的东西编好放在他的桌子上了。王斯琴开始看版，从头到尾看一遍，连广告都不放过，改完之后，由印刷厂印出第一份，他再看一遍。没问题了，他再签字。只有看到王斯琴的签名，机器才能"咕隆咕隆"地转动。工作结束时都已经到早上五点了。

《中国时报》只针对部队发行，发行量大概在三万份，并不大。

当时，社会上各类商家的宣传意识已经很强，新店开业、促销等活动都能频繁见诸报端，广告成了一般报社的一个主要经济来源。《中国时报》上也经常能见到一些布店等商家的广告，只是因为报纸的受众只有军人，所以广告并不多。《中国时报》在经费上主要还是靠"新闻局"拨款，日子

并不宽裕。

渐渐地,《中国时报》在南京已经办出了点名堂,时任"新闻局"第三处处长的常健找到了王斯琴。

常健是王斯琴的老朋友,当年在第二十八军的时候,常健是政治部主任。两人关系非常好。

常健对王斯琴说,自己在"新闻局"的工作并不如意,自己可能想到《中国时报》来做社长,到时候,请王斯琴要支持自己的工作,不要走。

王斯琴告诉常健,老朋友关系要好,新朋友也不能对不住。这是他做人的准则。王斯琴所说的新朋友,就是社长殷作桢。

1947 年 9 月,报社工资没有如期支付。常健为了把殷作桢挤走,就利用这个机会,鼓动一批低薪的青年把报社仓库里的白报纸运出去卖掉。

王斯琴知道这个消息的时候已经是晚上十一点,他连夜赶往报社,又让爱人去通知殷作桢。后来,殷作桢及时赶到,制止了这件事的发生。

但那件事后,殷作桢失望离职,常健接任。王斯琴想想自己已经得罪了常健,同时,也对这种斗争感到失望,选择辞职。张煦本接任总编辑,新中国成立后,张煦本去了台湾,成了台湾著名报人。

四、调查上海交际花

1948 年孙中山之子孙科和李宗仁竞选副总统,但在选举当日(当年 4 月 23 日),据《救国日报》头版报道，国民党"中央信托局"在上海没收了蓝妮一批法国进口颜料，这些资料是作为伪敌财产没收的。孙科致函国民大会秘书长洪友兰，说这批颜料为"敝眷"蓝妮所有。洪致信"中央信托"局长吴任伦，要求吴看在孙科的面上，将颜料发回给蓝妮。这件事经报道后，原本大家一致看好的孙科最后落选。这是当时轰动一时的"颜料案"。

离开《中国时报》之后，王斯琴进入了国民党"中央监察院"工作。当时，国民政府实行五院制，"行政院""立法院""司法院""考试院""监察院"。"中央监察院"作为最高廉政机构，独立于所有的行政系统，能对总统、副总统提出弹劾。王斯琴查的最重要的一个案件，也正与孙科和蓝妮有关。而从时间段看来，也许背后涉及更高层的权力斗争。这个案件，被提及不多。

不喝酒、不赌博、不跳舞

1947年上半年的某天，刚刚"民选"成为"监察委员"的金越光到南京看望王斯琴，看到王斯琴骨瘦如柴，身体非常差，就建议他一起到"监察院"工作。王斯琴在《浙西日报》任职期间，金越光是国民党浙江省党部浙西办事处主任，两人在那时相识，之后一直就有联系。

金越光告诉王斯琴，"监察院"现在需要大量年轻人加入，而选择的标准则是不喝酒、不赌博、不跳舞，没有什么特殊嗜好，如果当过公务员的要没有贪污经历。王斯琴在担任"接收大员"时的种种表现使金越光觉得他是符合标准的。

离开《中国时报》不久，王斯琴就接到了“中央监察院”的上任通知。

当时，“行政院”下辖“财政”“交通”等十部和五个委员会。“监察院”内部，针对“行政院”每一部或委员会设一个委员会，共十五个委员，“监察院”院长是国民党元老于右任。金越光是“交通委员会”的监察委员，王斯琴就任“交通委员会”秘书。

监察委员平时并不在南京上班，他们分散在全国各处，每个月到南京开一次会。“监察院”的日常工作就交给各委员会的秘书处。

王斯琴的日常工作就是每天查看资料，将重大事情需要弹劾的、贪污腐败问题需要查处的，全都汇编成材料，等监察委员每个月开会的时候提交，让他们决定哪些要办，哪些可以不办。

1948 年年初，金越光找到王斯琴：“小王啊，有这么一件事，你敢不敢干？”

那时候的王斯琴才三十多岁，做事往往没有顾忌。但金越光说的这件事，却让王斯琴犹豫了很久才接受。

要查的是蓝妮名下的一家上海公司，这家公司控制了当时上海诸如五金、棉纱、钢材、电器等物资的经营。别说普通市民的生活受到影响，连做同类生意的资本家都觉得生意没法做了，于是联名举报。

蓝妮是云南苗王蓝氏的后代，抗战前就是上海滩上的第一交际花，1935 年又被孙中山之子孙科迎娶为二夫人。抗战结束之后，蓝妮曾经被戴笠以“汉奸嫌疑”逮捕投进监牢，因为 1940 年她从重庆回到上海，和当时汪伪政府的众多要员来往甚密。但最后还是被孙科保了出来。这么硬的后台，即使查也不知会查出什么结果，而且还不知道会得罪什么人。

这个案件和金越光的“交通委员会”是没有关系的，但是金越光觉得这事情关系民生，必须要办。

按照当时“监察院”的规定，非本委员会内职责，但关系到国家大事的弹劾案，有四名以上监察委员签名，院长签字，就可以办理。金越光带头签名，后来又有酆景福等另外三人签名，这才立案。金越光为督查小组的组长，王斯琴具体执行。

整个调查取证过程，基本上都是王斯琴一个人完成的。

于右任的眼泪

临行之前，金越光向王斯琴提了三个要求：一要保密，这事情危险性很高，如果不注意保密，王斯琴的人身安全得不到保障；二要激进，工作难度大，不激进查不出东西；三是各方面的公关工作要做好，才会配合调查。

金越光之所以找王斯琴办这个案子主要是因为王搞了很多年新闻工作，知道怎么公关，同时对查访也比较在行。

王斯琴在答应之前，提了两个要求。首先，“监察院”要给他加盖了公章的介绍函，各个机关通用的；然后，还要一些加盖了公章的电报纸，因为涉密，所以电报都是用密码发送的，如果没有公章，电台是不肯发的。

两份东西都准备好之后，王斯琴启程去上海了。

在上海王斯琴没敢住宾馆，而是住到了一个签字的监察委员在上海法租界的家里。

王斯琴通过有关部门弄到了那家公司主要部门负责人的电话，然后假装是来做生意的公司人员跟这些负责人接触。在一个月的调查时间里，他弄清楚了公司的主要经营情况，包括盈亏情况、进货渠道、主要经营项目等。

每天一大早出去，晚上回来整理材料，弹劾稿也在这期间拟好了初稿。

当金越光觉得证据已经足够后，就通知王斯琴，将整理好的材料印刷五百份，等到时机成熟，就在上海召开新闻发布会，打孙科一个措手不及。

而这个时机说不准在哪天，所以一定要尽快进行印刷。

材料一旦上了印刷机，人多眼杂，泄密的机会就大大增加了。为了防止泄密，王斯琴找到了上海《中央日报》印刷部，跑进经理室，王斯琴掏出“监察院”证件说明情况，寻求帮助。

开始的时候，印刷部经理同意由王斯琴亲自督印，只派一负责人具体操作印刷机，印刷完毕废残印张一律销毁。但经理后来又反悔了，说要社长同意，社长又不在。王斯琴急得在印刷部门口打转。

这时，有人喊了他的名字。王斯琴已经认不出那人是谁了。他自报家门之后，王斯琴才想起来，原来他就是自己在28军时，帮忙保媒的李国华。

李国华当年是二十八军印刷厂的一个小工头，看上了临安当地一个姑娘，可因为他不是本地人，姑娘的父母死活不同意，说外地人不知道底细。王斯琴到姑娘家，拍胸脯保证小伙子的人格，这才成了这桩好事。后来，王斯琴离开了临安，李国华则来到了《中央日报》，任印刷部的领班。

叙旧也就省去了，王斯琴立刻向他说明情况，要他帮忙。李国华胆子还大的，他请王斯琴吃了饭，等工人和经理下了班，就瞒了上面，自己亲自开机，“唰唰唰”帮王斯琴把材料印了五百份。

这些材料，一部分送交南京，另一部分则在上海法国大使馆召开的新闻发布会上分发。当时，这件事在上海轰动一时。

可此时，上海类似的案件非常多，连蒋经国亲手督办的“扬子案”(孔祥熙之子孔令侃的“扬子建业股份有限公司”涉及囤积居奇案)也不了了之，蓝妮案自然也是如石沉大海。

在上海一个月的调查结束之后，王斯琴回到南京，国民党政府的形势已经岌岌可危。王斯琴记得1949年初的某日，和同事一起去南京机场送“监察院”院长于右任去北京协助国共和谈。于右任临上飞机之时，有工作人员匆匆赶来，说北京发来急电，请于暂缓去平。于右任当时就流出了眼泪，这似乎是种象征。

一生动荡，最近30年才得安定

王斯琴从上海回到南京之后，国民党各个单位已经开始分批南撤了，而王斯琴作为滞留人员一直待到1949年初。

高层终于给他们开会了，告诉他们两条路，一是收拾二十公斤行李不带家眷，直接上飞机去台湾，一是拿三个月工资遣散。

王斯琴因为是家中独子，有父母妻儿需要照顾。1949年3月，王斯琴回到了杭州拱墅区老家左家桥。

1949年5月3日，杭州解放，王斯琴主动去政府报到，说明情况。

当时，所有曾为国民党政府工作过的人都需要到浙江省干部学校参加学习。王斯琴的报到日期是1949年的9月23日。

他们本来可以如期开学,但因为金华、丽水一带还有土匪捣乱,那里的同学不能如期到校,结果这期的正式开学时间推迟到10月中旬。因为就是差那么几天时间,导致了王斯琴这一期里面的大部分人,几十年之后都没有享受到离休干部的待遇。(享受离休待遇必须是1949年10月1日以前参加工作的人员,同年10月1日以后参加工作只能享受退休待遇。)

毕业之后,王斯琴到宗文中学教书。

之后十几年,经历过各种运动,王斯琴曾经在宁波农场管了四年仓库,回到杭州之后,开始远离政事,在家做些临时工来贴补家用,挖煤、帮厨、建筑工人,什么都做过。

一直到"四人帮"粉碎之后,原来的老朋友找到王斯琴,希望他能去杭州师范学院教书。

那一年,老人六十三岁,重新开始工作。

老人总说,他这一生动荡,到了最近的三十年才开始安定。

后　记

王斯琴先生是我在杭州宗文中学(杭州第十中学)念高中时的语文老师,曾执教杭州师范学校和杭州师范学院(现杭州师范大学)中文系。在抗日战争初期,王先生在浙西编辑过《武肃报》和《浙西日报》。"中央新闻研究院"毕业后,他以特派战地记者的身份,曾多次穿走在抗战前线和敌后之间。

退休二十年来,我在各地图书馆、档案馆查找民国史料时,在一些抗战时期的报刊上,发现了王斯琴先生写的新闻报道。王先生的文章从各种不同的角度,报道了浙西的正面战场,报道了敌后军民可歌可泣的英勇事迹,是目下难寻的珍贵历史资料。

经过十多年的不断努力,在杭州师范大学人文学院丁贤勇教授的大力支持下,反映历史风貌的《穿走在前线与敌后的抗战报道》一书终于编成,为伟大的抗日战争胜利七十周年献上一份贺礼。2014 年适逢王斯琴先生百年华诞,我在此衷心祝愿他老人家健康长寿。

抗日战争已过去多年,许多抗战时期的报刊已散失难寻,收入本书的文章仅为当年王斯琴先生新闻报道的冰山一角。因原稿字迹多处模糊不清(原文模糊不清处,用"□"表示),书稿曾请王先生校阅,书名也由他亲自拟定。

借此机会，对积极帮助我查找资料的浙江图书馆古籍部的有关同志，向为此书作序的老同学梁伯琦教授以及帮我策划的杭州晓钟文化策划公司致以诚挚的感谢。

征得《行周末》记者叶佳同志同意，本书收录了她对王斯琴先生的采访报道：《王斯琴：动荡人生》[发表于《行报》(《行周末》)2010 年 5 月 7 日、14 日、21 日]，由此可以了解王先生前半生所跋涉的崎岖道路。

由于编者学识有限，收集汇编工作中的疏漏和不足之处，敬请大家批评指正。

徐重光

2014 年 10 月 1 日